D1384065

Nous remercions le ministère du Patrimoine canadien,
la SODEC et le Conseil des Arts du Canada
de l'aide accordée à notre programme de publication

  Patrimoine   Canadian
canadien   Heritage

 Conseil des Arts   Canada Council
du Canada   for the Arts

ainsi que le gouvernement du Québec
– Programme de crédit d'impôt
pour l'édition de livres
– Gestion SODEC.

Nous reconnaissons l'aide financière
du gouvernement du Canada
par l'entremise du Programme d'aide au développement
de l'industrie de l'édition (PADIÉ) pour ce projet.

Collection fondée et dirigée par :
Geneviève Mativat

Illustration de la couverture :
Fabien Dubreuil

Conception de la maquette et montage de la couverture :
Ariane Baril

Édition électronique :
Infographie DN

Un texte écrit avec l'aide de Julie St-Pierre, ethnologue,
et Mélanie Monette, consultante internationale
en santé et services sociaux.

Dépôt légal : 3e trimestre 2008
Bibliothèque nationale du Canada
Bibliothèque nationale du Québec

34567890 IM 9876

Le goût
des couleurs

Prix littéraires
des enseignants AQPF-ANEL 2009,
catégorie Littérature jeunesse

DE LA MÊME AUTEURE
AUX ÉDITIONS PIERRE TISSEYRE

Collection Coccinelle

De l'Ange au Zèbre, album illustré par Béatrice Leclercq, 1991.

Collection Sésame

La fille du roi janvier, conte, 2000.
    Sélection Communication-Jeunesse.

Collection Papillon

«La *Benfinita* de grand-père Giacomo», conte du collectif de l'AEQJ, *Les contes du calendrier,* 1999.
Pino, l'arbre aux secrets, roman, 2005.

Collection Conquêtes

Chateaux de sable, roman, 1988.
    Finaliste au Prix du Gouverneur général du Canada.
«Élodie», nouvelle du collectif de l'AEQJ,
    Entre voisins, 1997.
«La brioche à la confiture», nouvelle du collectif de l'AEQJ,
    Peurs sauvages, 1998.
«Cinq poules au dortoir», nouvelle du collectif de l'AEQJ,
    Petites malices et grosses bêtises, 2001.

**Catalogage avant publication
de Bibliothèque et Archives nationales du Québec
et Bibliothèque et Archives Canada**

Gagnon, Cécile

    Le goût des couleurs

    (Collection Ethnos ; 10. Roman)
    Pour les jeunes de 12 ans et plus.

    ISBN 978-2-89051-965-7

    I. Dreuil, Fabien. II. Titre. III. Collection : Collection
    Ethnos (Éditions Pierre Tisseyre) ; 10.

PS8513.A345G68 2008   jC843'.54   C2007-942246-2
PS9513.A345G68 2008

Le goût des couleurs

Cécile Gagnon

roman

**ÉDITIONS
PIERRE TISSEYRE**
www.tisseyre.ca

9300, boul. Henri-Bourassa Ouest, bureau 220
Saint-Laurent (Québec) H4S 1L5
Téléphone : 514-335-0777 – Télécopieur : 514-335-6723
Courriel : info@edtisseyre.ca

Remerciements

Au Dr Jose A. Segura, ethnopsychiatre.

Aux responsables du bureau du
Projet Accompagnement Québec
Guatemala à Montréal (PAQG).

À Renée Lescop, ma partenaire
d'expédition.

À Mélanie Monette et à Carlos Rojas-
Arbulu, mes hôtes au Guatemala.

À Leceta Chisolm Guibault
et sa fille, Kahleah.

À Jean Béland.

Par leur présence, leurs mots, leur savoir
et leur disponibilité, ces personnes m'ont
permis d'aborder avec confiance le sujet
complexe de la quête d'identité et la réalité
du monde des indigènes mayas
du Guatemala. Je leur dis ici
toute ma reconnaissance.

Cécile Gagnon

Quien no conoce su historia
No puede vivir ni amar su presente

(Qui ne connaît pas son histoire
Ne peut ni vivre ni aimer sa vie présente)

Inscription anonyme
dans la cathédrale Santiago
de Guatemala Ciudad

La couleur rouge a une signification
importante pour nous. Elle représente
la chaleur, la force, tout ce qui est vivant.
Le rouge nous conduit directement
au soleil, notre père, le dieu unique,
le cœur de l'univers. Les objets rouges
que nous donnons aux nouveau-nés
symbolisent la vie.

Rigoberta Menchu
Quiché du Guatemala
Prix Nobel de la paix 1992

L'identité n'est pas donnée une fois pour
toutes, elle se construit et se transforme
tout au long de l'existence.

Amin Maalouf

Prologue

Le Guatemala accueille beaucoup de travailleurs humanitaires bénévoles. Tous sont frappés par la richesse des traditions artistiques de ce petit pays. Certains de ces travailleurs restent marqués par ce qu'ils vivent auprès des Mayas. C'est le cas de Mélanie, la maman de mon héroïne, Mariel.

Je rappelle que la guerre civile au Guatemala a duré 36 ans et fait 200 000 morts, en grande partie des indigènes. Elle a pris fin en 1996 avec la signature des accords de paix, mais la violence et les inégalités subsistent toujours.

Traqués dans leurs moindres refuges dans les montagnes et les forêts, les Mayas ont été massacrés avec une brutalité insoutenable. Ceux qui ont survécu gardent en eux une méfiance ineffaçable envers toute forme d'autorité.

Pourtant, petit à petit, les Mayas, ne sachant ni lire ni écrire, se regroupent et luttent pour le respect de leur identité et leur droit à la terre. Ils conservent jalousement leurs éblouissantes traditions de tissage qui font l'objet de grandes expositions dans les musées du monde.

Pendant ce temps, divers organismes dont la Récupération de la mémoire historique (RMH) et la Commission pour l'éclaircissement historique (CEH) travaillent avec acharnement à faire la lumière sur les violations des droits humains passées et encore présentes. Ce n'est pas une mince tâche.

Chez les jeunes indigènes, ce qui frappe, c'est l'absence d'espoir en l'avenir. Leur regard résigné trahit ce malaise. Je me suis rappelé le visage de ces jeunes à chaque instant de la rédaction de ce roman.

Cécile Gagnon

1

La soif de couleurs

Le printemps se fait attendre. Le ciel est plein de nuages. Les arbres font penser à des squelettes gris agités par le vent. Les branches bougent, mais les bourgeons ne veulent pas s'ouvrir. Et ne parlons pas des parterres, jardins et parcs : un désastre ! L'herbe est jaune rabougri. Le monde entier semble avoir oublié le mot « couleurs ».

Chaque année, c'est pareil. On a beau savoir qu'au Québec la nature joue avec les nerfs de ses habitants en restant avare de teintes bienfaisantes tout au long de l'hiver, on n'en peut plus ! Assez de l'air glacé et du gris omniprésent ! On n'en veut plus ! Assez ! Assez ! On a envie de crier : de la couleur ! On veut de la couleur ! Jaune ! Rouge ! Vert ! Violet ! Des fleurs, et aussi des feuilles ! Allez !

La déprime du printemps tardif est une maladie très courante par ici. Mélanie tente de ne pas y sombrer en écoutant les outardes crier leur bonheur de migrer en volant au-dessus de la maison. Elle soupire. Puis, sur un coup de tête, elle s'exclame d'un ton de voix le plus joyeux possible : «Si les feuilles ne veulent pas sortir, on va repeindre la maison !»

Les quatre personnes assises autour de la table sont étonnées ; en silence, elles dévisagent Mélanie qui ne laisse à personne le temps de réagir. Elle continue sur sa lancée, comme si elle avait trop peur de manquer de souffle ou de perdre sa détermination :

— Depuis le temps qu'on en parle. Tu te souviens, Mariel ? dit-elle à sa fille. Et toi, Ludovic, qui m'as répété tant de fois que tu détestais le beige de ta chambre, ajoute-t-elle à l'intention de son fils. J'ai décidé qu'il fallait mettre du soleil dans notre maison ! N'est-ce pas que c'est une bonne idée ?

Julian Carlos se contente de sourire à son épouse. La benjamine de la famille, Manuela, n'est pas sûre d'avoir compris.

— On va peinturer les murs ?

Ludovic et Mariel la rassurent en riant.

— Quelle couleur tu voudrais, dans ta chambre ? demande Mariel.

— Je ne sais pas !

— Moi, je sais exactement ce que je veux! s'écrie Mariel. Est-ce qu'on commence aujourd'hui?

— Aïe! Un peu de calme, suggère Julian Carlos. Ce sera un gros chantier. Êtes-vous prêts à vivre dans le désordre durant deux semaines?

— Oui! Oui!

— On commence par nos chambres. Et après, on verra s'il nous reste de l'énergie pour le salon et la cuisine, décide Julian Carlos.

Ludovic accepte de laisser de côté son vélo qu'il vient juste de sortir du garage. Il voulait laver et astiquer sa monture pour pouvoir rejoindre ses amis et entreprendre ses randonnées en bicyclette, mais il consent à remettre ce projet pour se débarrasser de la couleur détestable des murs de sa chambre. Sa passion du vélo devra attendre.

Le lendemain, le chantier de la maison de la rue Lemoyne commence vraiment. Des plans précis sont établis et des choix sont faits. Mariel et sa mère s'en vont avec enthousiasme choisir les peintures à la quincaillerie.

— C'est la fièvre du printemps! ironise Juan Carlos en les voyant partir.

— Non, c'est la soif de couleurs, répond Mélanie.

Elles reviennent les bras chargés et habitées d'une fébrilité contagieuse. Mais, bien vite, Mélanie et Julian Carlos se rendent compte de l'énormité de la tâche. Peindre les murs des chambres n'est pas si simple. C'est un métier, et on ne s'improvise pas peintre en bâtiment du jour au lendemain. Heureusement, Julian Carlos a déjà passé quelques étés à peindre des balcons et des terrasses pour se faire des sous et payer ses études. Il en a gardé une certaine habileté à manier le pinceau et le rouleau. Il fait appel à un de ses ex-complices pour un coup de main. Ça tombe bien : son collègue est au chômage. Dès le samedi suivant, le chantier se met en branle.

— Par quelle chambre commence-t-on ? demande Mélanie.

— La mienne ! réclame Mariel.

— On va faire celle de Manuela. C'est la plus petite pièce, décide Julian Carlos. Jaune, la couleur du soleil.

Voyant la mine déçue de Mariel, Mélanie propose :

— Qu'est-ce que tu dirais de faire toi-même ta chambre, Mariel ? Tu pourrais d'abord peindre le mur du fond. Celui que tu veux rouge. On a déjà tassé les meubles et couvert tes étagères. Je peux t'aider à t'installer, si tu veux…

Mariel sourit. Elle accepte la bonne idée de sa mère. Elle enfile une vieille chemise de son père et file dans sa chambre avec Mélanie. À peine une demi-heure plus tard, celle-ci en sort et laisse sa fille se débrouiller toute seule. Elle a un petit sourire en coin. Elle se félicite intérieurement d'avoir fait confiance à Mariel. Elle sait bien que la fillette n'a que douze ans, mais quand il s'agit de couleurs et de dessin, Mariel est la meilleure. L'enseignant d'arts plastiques en a souvent fait la remarque aux parents en écrivant des commentaires comme « Possède un sens des couleurs exceptionnel » ou « Mariel a des aptitudes artistiques hors du commun ». Mélanie ne l'a pas oublié.

D'ailleurs, à la quincaillerie, quand il a été question de choisir des couleurs pour les murs de sa chambre – et même pour celles des autres –, Mariel a étalé les petits échantillons et, sans hésiter, elle a fait ses choix. Cela a surpris le vendeur, mais Mélanie a tout de suite su que les propositions de Mariel auraient une allure merveilleuse. Deux murs rouges, deux murs bleu outremer, et le cadre des portes et des fenêtres en jaune. Et pas un petit jaune pâlot, non : un beau jaune tournesol. Il fallait voir avec quel soin Mariel a comparé les 225 sortes de rouge avant de choisir…

Mariel, aînée des enfants Ruiz, est différente des deux autres par son physique : elle a le teint basané, les yeux et les cheveux très noirs, et une taille plutôt petite. Souvent, on dit : « Elle ressemble à son père ! » car Julian Carlos a aussi le teint basané, les yeux et les cheveux noirs. Ses arrière-grands-parents étaient originaires du Pérou. Mais pour Mariel, c'est une autre histoire. Elle est arrivée dans la famille Ruiz d'un tout petit village du Guatemala lorsqu'elle avait à peine un an.

Mariel sait que dans ses veines coule le sang des Mayas et qu'elle a été adoptée. Mais elle n'y pense pas trop et se considère comme une Québécoise bien intégrée dans une famille aimante. Pourtant, à l'école, elle essuie régulièrement des remarques blessantes au sujet de sa petite taille ou de sa tignasse noire. Dans ces cas-là, au lieu de se quereller avec ceux qui profitent de sa vulnérabilité, elle se plonge dans ses couleurs et ses dessins. Mariel adore dessiner et peindre. Agencer des couleurs sur une feuille ou sur une toile lui procure le réconfort qui apaise ses colères. Depuis toujours, elle sait tracer des lignes gracieuses sans efforts, faire naître des images colorées avec trois fois rien. Ce goût inné semble ancré en elle et ne cesse d'émerveiller les autres membres de la famille Ruiz, qui seraient bien en mal d'en faire autant…

2
Les visiteurs

Le chantier de la rue Lemoyne a pris fin. Ludovic s'est débarrassé de ses murs ternes : il est enchanté par le vert tendre de ses murs. Aussitôt ses affaires remises en place, il file sur son vélo rejoindre ses amis. Car la fièvre de la bicyclette est plus tenace en lui que la soif de couleurs du reste de la famille !

La chambre mauve des parents est superbe. Manuela est contente de sa chambre « soleil ». Mais c'est sans contredit celle de Mariel qui est la plus belle. En ouvrant la porte, on pénètre dans un monde merveilleux. Il faut dire que le couvre-lit tissé par des artisans péruviens s'agence parfaitement avec les couleurs des murs. Mariel s'y sent bien chez elle.

Peut-être attiré par l'explosion soudaine de couleurs chez les Ruiz, le printemps est revenu. Le petit vert tendre des feuilles, le violet des crocus et même les bourgeons rouges des érables ont enfin surgi. Et le soleil, bien sûr, brille dans un ciel souvent bleu qui se reflète dans l'eau du bassin et du canal de Chambly. Les habitants de la ville entière ont retrouvé leur bonne humeur.

Cette gaieté se manifeste, entre autres, par ce besoin de rouler à bicyclette et de sortir pour humer l'air. La piste cyclable qui longe le canal déborde de cyclistes et de patineurs. Comme partout, ça sent déjà le début d'une autre saison qui annonce la fin des classes. Pour Mariel, qui termine son cours primaire, il n'y a pas de relâche. Au contraire. En cette fin d'année, elle et ses compagnons, avec l'appui de leur enseignant, ont décidé de célébrer cette étape importante.

Depuis janvier, donc, les élèves de François ont mis sur pied un grand projet. D'abord, ils ont choisi de se familiariser avec les mœurs et la culture d'une première nation du Québec dont on ne parle pas souvent : les Cris. Les enfants ont découvert, à la faveur de recherches en bibliothèque et sur Internet, qu'à vol d'oiseau, les villages cris du Nord n'étaient pas si loin que ça.

Comme François a déjà enseigné dans une communauté crie de la Baie-James, les élèves ont fait appel à ses connaissances et à ses souvenirs. Ils ont vite été séduits par ses récits et par ses photos des jeunes de cette région, ils sont devenus très vite passionnés par cette nation. Désireux d'en savoir plus et d'entrer en contact avec certains autochtones, le projet a pris forme. Après de nombreux essais, enfin, l'école de Oujé-Bougoumou, qui signifie : « lieu de rendez-vous », a répondu à l'appel, et les deux groupes se sont mobilisés. Ainsi, à la fin du mois, une dizaine d'enfants cris et leurs enseignants viendront passer la semaine à Chambly pour découvrir « le Sud » et les élèves de l'école de Bourgogne.

En raison de cette visite, les élèves de sixième année sont en effervescence. La direction de l'école, les élèves concernés et les parents contribuent à la réussite du projet. Tous ont convenu que les enfants cris devaient être reçus par les familles d'accueil et en partager les activités pour ainsi apprendre à mieux se connaître. Mariel a tout de suite proposé à Julian Carlos et à Mélanie d'accueillir l'un des voyageurs à la maison, ce qu'ils ont accepté de bonne grâce. Après toutes sortes de péripéties, de nombreuses démarches et un tirage au sort, la famille Ruiz se prépare à recevoir chez elle une fille crie du nom de Paula Meskino.

Paula a envoyé sa photo par Internet. Mariel est très excitée. Elle réarrange les meubles de sa chambre pour y loger un matelas pneumatique qui lui servira de lit, car elle réserve son lit à son invitée.

Ce soir, à table, la photo fait le tour des convives. Manuela, la petite sœur, fait la moue et ne se gêne pas pour exprimer sa déception :

— Elle n'a même pas de plumes !

— Qu'est-ce que tu dis, Manuela ? s'écrie Mariel d'un air courroucé.

Julian Carlos et Mélanie répriment un sourire tandis que Manuela réplique d'un ton tout à fait assuré :

— Bien, comme dans mon casse-tête avec des Indiens. Ils ont tous des plumes sur la tête et ils sont à cheval ! Ta Paula, elle….

Mariel fulmine. Un silence gêné s'installe autour de la table. Manuela perçoit bien qu'il y a un malaise dans l'air. Elle regarde sa grande sœur et se tait. Elle ne sait pas trop ce qui se passe, mais elle sent de petites larmes naître au coin de ses yeux.

Fière de son savoir acquis en faisant des recherches depuis des mois, Mariel se fâche :

— Va falloir que je vous explique, dit-elle en tentant de garder son calme, mais son indignation est palpable. Paula est Amérindienne, pas une fille tirée d'un film de cowboys d'autrefois ! lance-t-elle. Elle habite au Québec, comme nous ; elle s'habille comme nous. Par contre…

Mariel hésite à poursuivre, cherchant ses mots. Son père vient à son secours :

— Je suis sûr qu'elle nous ressemble, mais sa façon de vivre, sa langue maternelle et son héritage culturel sont bien différents des nôtres.

— Comme toi, papa ! lance Ludovic.

— C'est vrai ! Comme moi. Mais mes parents et moi sommes nés ici, donc, je suis plus Québécois que Péruvien. Paula, elle, vit toujours avec les siens et préserve les coutumes de son peuple. Je pense que ça ne doit pas toujours être facile d'affirmer sa différence. Nous allons faire attention de ne pas la vexer. Ce sera une belle occasion pour nous de découvrir des gens différents.

Mariel n'espérait pas un tel discours. Elle sourit à son père et l'atmosphère du souper se détend. Heureusement, car Manuela est au bord des larmes. Mariel rassure sa petite sœur.

— Tu sais, Manuela, Paula a deux petits frères. Peut-être qu'elle leur raconte des histoires de ses forêts, avec des ours et des loups, ou-ou...

— Est-ce qu'elle va m'en raconter une ?

— Tu le lui demanderas.

— Oh ! oui, une histoire amérindienne ! s'écrie Manuela.

— Une histoire crie, précise Mariel.

— C'est une histoire où on crie? demande la petite.

— Mariel va t'expliquer, propose Mélanie en riant.

Personne n'a remarqué le regard soutenu qu'ont échangé Mélanie et Julian Carlos tandis que ces propos fusaient. Il en dit plus long que bien des paroles...

3
Deux Amérindiennes

Les familles responsables de l'accueil des enfants cris d'Oujé-Bougoumou se sont préparées de façons diverses à recevoir des personnes un peu «différentes». Plusieurs rencontres ont eu lieu pour penser à des activités et à des visites destinées à agrémenter le séjour des invités. L'école se charge de leur offrir un volet scolaire léger, placé sous le signe de la découverte mutuelle et de la discussion. À la veille de l'arrivée des enfants, la fébrilité est palpable partout, chez les enseignants comme chez les élèves. Mille questions fusent.

— Vont-ils manger les mêmes choses que nous ?

— Penses-tu qu'ils savent jouer au basket ?
Et bien d'autres encore.

Mariel prend tout à coup conscience qu'une personne d'une autre culture va faire intrusion dans sa vie. Elle a voulu cette visite avec enthousiasme mais, maintenant, sans savoir pourquoi, elle ressent une véritable inquiétude et même, elle doit l'admettre : elle a peur. Et si cette Paula lui reprochait de ne pas être une vraie Québécoise ?

Il faut dire que Mariel n'a pas véritablement ressenti à ce jour le besoin de se distinguer des autres et de fouiller son passé. Au contraire, elle cherche à parler et à s'habiller comme ses compagnons de classe. Mais la visite de ces écoliers cris la pousse à se questionner sur elle-même et, pour la première fois, elle se sent vulnérable.

Enfin, le grand jour arrive. Les enfants cris débarquent à l'école et sont regroupés dans le gymnase avec leurs bagages. Mariel fait la connaissance de celle qui va partager sa vie pendant une semaine.

Paula Meskino a une tête de plus que Mariel. Plutôt costaude, elle a de longs cheveux très noirs attachés en queue de cheval et un regard vif derrière ses lunettes. On sent une personne déterminée et sûre d'elle. Paula vient vers Mariel et lui dit d'une voix forte :

— *Waachiye*[1] !

---

1. Bonjour.

Mariel est troublée par la taille de son invitée et aussi par son assurance : celle-ci agit un peu comme le chef du groupe, régentant tout le monde. Mariel l'observe à la dérobée : la jeune fille crie a la peau non pas aussi foncée que la sienne, mais certainement plus brune que celle des Blancs. Ce qui la distingue surtout, ce sont les traits de son visage, que Mariel ne peut définir mais qui ont nettement des caractéristiques amérindiennes.

À la maison, Paula devient instantanément le centre d'attraction de la famille. Mélanie et Julian Carlos, Ludovic et Manuela : tout le monde observe la nouvelle venue, cherchant ce qui la rend différente. Enfin, au souper, autour de la table, Ludovic déclare :

— Tu sais quoi, Mariel ? Je trouve que vous vous ressemblez toutes les deux, toi et Paula !

Mariel et Paula se dévisagent et éclatent de rire. Et, à bien y regarder, c'est vrai que les deux filles se ressemblent.

— C'est normal, vous êtes des Indiennes ! renchérit Ludovic.

Cette fois, c'est au tour de Paula de montrer sa stupéfaction.

— Comment ça, des « Indiennes » ? Moi, je suis une Crie de Oujé-Bougoumou ! dit-elle avec conviction.

— Et moi, une Maya du Guatemala !
réplique Mariel.

S'ensuit toute une série d'explications sur
les origines de Mariel et sur la famille de Paula.
Celle-ci précise :

— Moi, j'ai quatorze ans, presque quinze.

— Ah ! C'est pour ça que tu es tellement
plus grande que moi, déclare Mariel. Moi, je
vais avoir treize ans dans… euh, deux mois.

— Si je suis encore en sixième année,
continue Paula, c'est parce que j'ai passé les
deux derniers hivers dans le bois avec mes
grands-parents, sur notre territoire de chasse.
Alors, j'ai pris du retard.

— Qu'est-ce que tu faisais avec tes grands-
parents tout l'hiver, en forêt ? C'était plein
de neige, non ? demande Julian Carlos.

— J'aidais mon grand-père à relever sa
ligne de trappe en raquettes et je chassais
aussi.

— As-tu un fusil ? interroge Ludovic, les
yeux ronds.

— J'en ai deux. Des carabines ; une vieille
et une neuve. Et puis, je tendais les peaux
avec ma grand-mère. Je sais très bien faire ça.

— Des peaux de quoi ?

— De castors, de renards, de belettes,
de martres. Une fois, mon grand-père a tué
un caribou. Là, c'est beaucoup de travail.

La famille Ruiz est complètement conquise par son invitée. Celle-ci ne se fait pas prier pour raconter sa vie dans la nature et dans son village au nord du Nord, dans une région vaste et sauvage parsemée de lacs et de rivières. Dès qu'elle ouvre la bouche, tout le monde écoute. Personne ne veut laisser passer l'occasion d'entendre parler des ours noirs de la taïga et des aurores boréales par une vraie coureuse des bois.

La petite Manuela, qui n'a pas oublié les paroles de sa grande sœur, oublie sa gêne et dit d'une toute petite voix :

— Vas-tu me raconter une histoire… crie ? Mais pas avec des fusils, s'empresse-t-elle d'ajouter.

Paula, trop contente de montrer son savoir-faire, s'exécute en répétant pour Manuela une histoire d'ours que sa *kokom*, sa grand-mère, lui a transmise.

La tournée des environs et les nombreuses activités prévues pour les visiteurs se révèlent enrichissantes à plusieurs titres. D'abord, les élèves de l'école de Bourgogne, dont Mariel, en accompagnant leurs invités dans des lieux qu'eux connaissent par cœur, découvrent tout à coup de nouveaux aspects de leur patrimoine local. Car, vu par d'autres yeux, le paysage habituel peut prendre une allure surprenante.

Par exemple, le fort, cet imposant bâtiment de pierre grise qui surplombe le bassin et la rivière Richelieu, a de quoi impressionner. Il étonne les jeunes Cris, justement, et même leurs enseignants ! L'animation assurée par des soldats en uniformes, comme en Nouvelle-France au XVIIe siècle, permet à tous de faire un bref survol de l'histoire du fort et, par conséquent, des combats qui ont ponctué l'évolution de la région.

De jour en jour, Paula et Mariel apprennent à mieux se connaître. Paula s'émerveille devant les immeubles de Montréal et le roulement du métro ; Mariel, elle, se passionne pour le récit que fait Paula du *Goose Break*.

— Le *Goose Break,* c'est le congé des oies, raconte Paula. Tout le monde a congé quand la migration du printemps commence ; l'école ferme. Tout le village s'en va dans le bois. On se lève avant l'aube et on attend. Cette année, Marcus, qui fait partie du groupe, a tué sa première outarde. On lui a fait toute une cérémonie au retour. L'an prochain, peut-être que ce sera moi !

Au fil de leurs conversations, les deux filles constatent combien leur mode de vie diffère.

— Tu ne sais pas faire du vélo ? dit Mariel, surprise, elle qui voulait emmener son invitée en promenade le long du canal.

— Non, mais je conduis une motoneige et un canot ! rétorque Paula.

De son côté, Paula s'étonne que la famille n'ait pas de chiens.

— Chez nous, tout le monde en a au moins un. C'est pratique, quand la motoneige est en panne. On leur fait tirer les traîneaux. Nous, on en a trois.

Chaque jour, Mariel comprend un peu mieux comment des Québécois habitant la même terre peuvent cacher en eux de profondes différences. Par contre, ses rapports avec Paula ne sont pas sans heurts. Mariel a eu beau, les semaines précédentes, fouiller du mieux qu'elle a pu des documents sur l'histoire et le mode de vie des Cris, elle reste très intimidée par la présence de cette Amérindienne et blessée par le ton méprisant que celle-ci utilise parfois, avec l'air de vouloir lui donner des leçons. Mariel est déçue de n'avoir pas trouvé en Paula une amie et une complice.

La veille du départ des visiteurs cris, alors qu'elles bavardent seules dans la chambre, Mariel ose demander :

— On dirait que c'est seulement à Oujé-Bougoumou que tout est bien. Ici, tu ne trouves donc rien de beau ? Est-ce qu'il y a une chose qui te plaît ?

Paula ne répond pas tout de suite. Puis, les yeux brillants de défi, elle lui dit enfin :

— Tu viendras voir toi-même ! Et puis, toi, tu n'as pas à me poser cette question. Tu ne sais rien de tes propres origines mayas ! Moi, je sais qui je suis !

Mariel est blessée au plus profond d'elle-même. Elle garde le silence. Longtemps, avant de s'endormir, elle refoule ses larmes. Elle tente de chasser les images dérangeantes qui se bousculent dans sa tête. Cette Paula lui a infligé une blessure qui ira en s'élargissant. Mariel doit se rendre à l'évidence : elle est différente de sa famille et de ses compagnons de classe. Pourquoi ?

4

Venir d'ailleurs

La semaine spéciale prend fin. Les visiteurs s'en retournent dans leur coin de pays. Pour quelques-uns d'entre eux, les adieux sont larmoyants, car de belles amitiés se sont nouées et la séparation d'avec les nouveaux amis est douloureuse. Viennent ensuite les promesses d'échanges par courrier électronique et les embrassades.

Une chose est certaine : la venue des douze enfants cris à Chambly a laissé des traces de toutes sortes. Les enseignants, épuisés et ravis, gardent l'espoir de mettre sur pied d'autres projets du genre pour les années futures. La notion d'appartenance à une culture et les réalités de l'immigration les stimulent. Pour eux comme pour leurs élèves, grâce aux nombreux échanges et débats des jeunes entre eux, une porte s'est ouverte sur une meilleure compréhension du monde actuel, où les gens traversent les frontières de plus en plus fréquemment.

Pour Mariel, le départ de Paula est un soulagement. Cette fille a semé en elle beaucoup de doutes et de questionnements. Non pas tant sur la place revendiquée dans l'histoire du Québec par les membres des Premières Nations, mais sur sa situation à elle, Québécoise venue d'ailleurs…

Elle envie ces enfants cris qu'elle vient de côtoyer ; issus d'un groupe pourtant minoritaire, ils manifestent ouvertement leur profonde appartenance aux modes de vie de leurs ancêtres, à leurs traditions et à leur région tout en adorant le *pop-corn,* la pizza, les gros immeubles et les parcs d'attractions. Mariel voit bien que certains d'entre eux sont remplis de contradictions, mais plutôt que de la rassurer sur son sort, cela l'inquiète encore plus.

Au moment du départ, Mariel sent qu'elle n'oubliera pas ces jeunes de sitôt. Elle se rend compte qu'ils se disent Québécois tout en revendiquant bien plus qu'un héritage historique lié aux conflits entre la France et la Grande-Bretagne. Même qu'ils se fichent pas mal des premiers colons défricheurs. Et pour cause : ils étaient là avant eux…

Instinctivement, Mariel songe au sort de tous les peuples indigènes des Amériques.

Français, Anglais, Espagnols, tous ont tenté d'assimiler et de neutraliser les autochtones pour en faire des sujets serviles, privés de leurs territoires et de leur culture. Les indigènes du Mexique, les Mayas d'Amérique centrale et les Amérindiens d'Amérique du Nord ont survécu. L'entreprise est ratée. Aujourd'hui, ils se lèvent et dénoncent à la face du monde les injustices dont ils sont victimes. Toutes sortes de regroupements se forment pour prendre leur défense. *Est-ce qu'on les écoute vraiment ?* se demande Mariel. Elle n'oublie pas que lors de chacune de leurs discussions, Paula ne cessait de prendre le devant de la scène et martelait des paroles surprenantes :

— On ne va pas vendre nos rivières ! C'est à nous ! On ne va pas se laisser faire !

Les autres élèves cris appuyaient ses dires, mais avec plus de retenue ; certains même trouvaient qu'elle exagérait. Les parents et les enseignants l'évitaient et se gardaient bien de répondre à ses propos. Mais Mariel, justement à cause des déclarations enflammées de sa visiteuse, ressent soudainement le besoin de connaître ses origines à fond. De découvrir la source de ses goûts et de ses envies. De comprendre mieux d'où viennent sa peau cuivrée, ses cheveux noirs, la forme de son visage. Et sa timidité, tant qu'à y être ! Et bien d'autres choses encore.

Lorsqu'elle a entendu les jeunes Amérindiens en visite chez elle converser entre eux dans leur langue, elle s'est sentie exclue et jalouse. Aussitôt, elle a envié leur complicité et cette manifestation de leur fierté. *Si le français est ma langue,* se demandait-elle, *celle que j'ai toujours parlé, n'y en a-t-il pas une autre enfouie dans mon cerveau que j'ai entendue durant mes premiers mois, là-bas, au Guatemala?*

Au fil des jours, même si elle a bien d'autres choses en tête, Mariel n'arrive plus à faire taire ces voix intérieures qui reviennent sans cesse la tourmenter avec des questions obsédantes: *Serais-je toujours en vie si je n'avais pas été adoptée? Maman m'a dit que les enfants pauvres, là-bas, ne vont pas à l'école. Alors, qu'est-ce que je ferais si je n'étais pas venue ici? Et ma vraie mère, où est-elle?*

À force de ressasser ces questions mille fois dans sa tête sans vraiment trouver de réponse, Mariel devient irritable. Ses meilleures amies trouvent qu'elle est maintenant brusque et désagréable. Elles la délaissent. Mariel se sent mal.

Lors d'un repas familial, la conversation roule sur les vacances.

— Si on allait en camping? suggère Julian Carlos.

— Où? demande Mélanie.

— On apporterait les vélos? suggère Ludovic.

— Au chalet de grand-maman au lac Saint-Jean! lance Manuela.

— Toi, Mariel, as-tu une idée? s'enquiert Mélanie.

Mariel a le nez dans son assiette. Elle chipote sa nourriture et ne dit rien. Puis, soudain, elle se lève de table et crie:

— Je n'en veux pas de vos vacances! Je ne veux rien... Rien!

— Calme-toi! dit son père.

Mélanie remarque la mine rageuse de sa fille.

— Qu'est-ce qui t'arrive, ma grande? Tu es bien agressive tout à coup!

Mariel éclate en sanglots et s'enfuit dans sa chambre. Elle claque la porte violemment.

Le repas terminé, Mélanie frappe chez sa fille. Celle-ci, assise sur son lit, sanglote toujours. Mélanie reste debout devant elle sans prononcer un mot. Au bout d'un moment, Mariel arrive au bout de ses larmes et d'un ton désespéré, elle murmure:

— Maman! dis-moi qui je suis!

Mélanie n'est pas surprise par cette requête. À vrai dire, elle l'attendait. Dans un éclair, elle comprend que le temps est venu d'aborder avec Mariel la question de son adoption et de ses origines guatémaltèques. Elle sait très bien que c'est une tâche énorme et délicate. Elle croit même que toutes les deux auront besoin de beaucoup de temps, de plusieurs années peut-être, pour aller au fond des choses. Mélanie est certaine de pouvoir compter sur Julian Carlos pour l'aider à rassurer leur fille. Mais, pour l'instant, très émue, elle ne pense qu'à l'entourer du plus d'amour possible.

Elle s'assoit près de sa petite et l'enlace. Mariel se blottit contre elle et Mélanie, réprimant son anxiété, laisse filer de longues minutes de silence. Elle revoit d'un seul coup les visages de ces femmes dans la hutte au bord du lac entouré de montagnes, le chemin de terre battue et le sourire d'une jeune femme si belle et si douée. Son cœur se serre lorsqu'elle accueille ces souvenirs. Enfin, dans le creux de l'oreille de sa fille chérie, elle dit tout bas :

— Je vais tout te raconter. Je te le promets. Mariel, tu es notre fille, à moi et à ton père, et nous t'aimons beaucoup. Je vais te dire qui tu es, mais ce que tu es aujourd'hui est un mélange de ce que tu as été et de ce que nous t'avons fait vivre. Je t'ai rescapée d'une vie difficile. Je pense que j'ai bien fait. Moi aussi, comme toi, je me pose des questions. Je n'aurai peut-être pas réponse à tout ce que tu voudras savoir. Mais si on s'y met ensemble, je pense qu'on peut essayer d'y voir clair. Je t'aime très fort, Mariel.

5

Un lac
et des volcans

Mariel s'installe devant sa mère à la cuisine. Aujourd'hui, Mélanie a décidé de livrer des secrets à sa fille.

— Avant de te révéler certains détails, je ne peux faire autrement que de situer mon parcours à moi et te raconter comment vivait ta famille. Certains enfants adoptés ne savent jamais qui sont leurs parents naturels. Moi, je sais qui sont les tiens.

Je pense que tu te doutes bien que la famille d'où tu viens ne vivait pas dans un milieu facile ou propice à l'épanouissement. C'était une vie très dure, ça, je te l'ai déjà expliqué, mais j'ai envie de te confier ce qui a motivé notre désir de t'adopter, ton père et moi.

— Je t'écoute, répond Mariel d'une voix qui trahit à la fois son inquiétude et sa curiosité. Vas-y, maman.

— J'avais vingt-trois ans. Après mes études, j'ai eu envie de changer d'air. De voir le monde. Et pourquoi, m'étais-je dit, ne pas aller vers des gens qui ont besoin d'aide, des gens démunis, des gens qui vivent des catastrophes dont on entend parler au téléjournal et qu'on chasse bien vite de ses pensées?

Peut-être avais-je simplement envie d'être utile? Je n'en sais rien. Je ne voulais pas faire du tourisme, mais «rendre service». Un bien grand mot. Mais je pense que tu comprends très bien, Mariel, ce que je veux dire. Ici, la vie est facile: nous ne souffrons pas de la faim et, malgré quelques difficultés, nous ne sommes pas en danger de mort. Il en va autrement pour beaucoup d'individus sur cette planète.

— Je comprends très bien. Moi aussi, j'y pense parfois, déclare Mariel. Est-ce que tes parents approuvaient?

— Oui, ils étaient d'accord. Alors, je suis partie vers le sud. J'ai abouti au Guatemala, en Amérique centrale. J'y suis restée un an.

Un an où j'ai appris une foule de choses qu'on n'apprend ni à l'école ni à l'université.

Même si les années ont passé, j'ai encore en mémoire le choc que j'ai ressenti en arrivant dans ce pays. La toute première chose que j'ai vue, c'était un arbre. Je venais de quitter mon pays monochrome, tout recouvert de neige où le gris domine. L'arbre immense piqué devant moi, tout bêtement, au bord du stationnement de l'aéroport, était couvert de fleurs mauves. J'ai voulu savoir son nom tout de suite. C'était un jacaranda. Sa couleur et son exubérance ont marqué le début de mon aventure.

Pour aborder un pays, la capitale est rarement l'endroit idéal. Celle où j'ai débarqué, Guatemala Ciudad, était sale, bruyante et laide. Je ne m'y sentais pas à l'aise. Grâce à des rencontres et à des hasards, je me suis heureusement retrouvée à Antigua, une ville peut-être exagérément tournée vers le tourisme, mais une cité plus petite et plus conviviale.

Comme j'avais appris l'espagnol au cégep, j'arrivais à me débrouiller. Je pouvais lire les pancartes et les panneaux routiers. Je me mêlais aux familles déambulant dans le Parque Central, un beau jardin public au centre de la ville. Je regardais vivre les gens, je m'imprégnais doucement de leurs rythmes et petit à petit je me familiarisais avec les attitudes et les habitudes guatémaltèques. Ces jours-là, je m'en souviens, j'ai peu parlé et beaucoup écouté.

Et puis, je n'ai pas assez de mots pour te dire à quel point les couleurs du pays m'ont enivrée. Les murs des maisons basses étaient peints de toutes les couleurs. Même les grandes églises! Il y en avait des roses et des jaunes! Je me souviens d'un mur crevé tout rouge, d'un rouge indéfinissable : je faisais des détours pour passer dans la rue où il était juste pour le regarder. Comment ne pas être séduite par l'avalanche de fleurs fuchsia, jaunes, roses qui jaillissaient dans les cours intérieures et par-dessus les murs?

Chaque jour, je découvrais des merveilles, et elles étaient toutes liées à la couleur. Les visages à la peau brune, les chevelures d'un noir presque bleu et les vêtements que portaient hommes, femmes et enfants me ravissaient. Ces vêtements étaient presque toujours tissés à la main et confectionnés par les femmes indigènes. J'ai appris plus tard à reconnaître les couleurs distinctives de chaque village et les tissages traditionnels. Non seulement les femmes portaient-elles les *huipiles, cortes* et *fajas,* c'est-à-dire les corsages, les jupes et les ceinturons qui me fascinaient tant, mais les marchés regorgeaient de tissus, de couvertures, de nappes et de châles époustouflants, tant leurs teintes étaient vibrantes. J'étais étourdie par ces coloris et surprise par l'audace des agencements et des broderies. Parfois, je m'arrêtais pour regarder les femmes agenouillées par terre qui tissaient tranquillement une pièce sur leurs métiers portatifs. Je pouvais rester des heures à les observer. J'étais captivée. Les premiers mots que j'ai appris étaient justement *huipil, corte* et *faja*.

— Tu logeais où ?

— Dans une espèce de pension pas chère où il y avait des jeunes de tous les coins du monde qui venaient apprendre l'espagnol. Parfois, j'essayais de surprendre les conversations, entre autres celles des femmes qui faisaient à la main leur lessive dans des lavoirs de pierre, non loin de la maison où j'habitais. Mais je ne comprenais rien. Elles ne parlaient pas l'espagnol. J'écoutais quand même et j'admirais leur vivacité et leur adresse à manier le linge dans l'eau froide tandis que leurs enfants se chamaillaient. Dans cette ville, ce que j'aimais par-dessus tout, c'étaient les rues et les trottoirs remplis de gens… qui marchaient ! On ne sentait pas l'omniprésence des automobiles et l'odeur de l'essence. Les passants se déplaçaient à pied ou en vélo et souvent, dans les parcs, des familles entières s'assoyaient par terre pour manger un morceau.

J'ai fini par me lier d'amitié avec une jeune femme indigène. Elle s'appelait Rosa ; elle m'a fait connaître un organisme où elle travaillait. C'était tout nouveau, une espèce de centre, mi-école, mi-atelier, où on tentait de donner une forme d'éducation aux enfants qui vendaient des pièces artisanales sur la rue et dans les marchés. D'une chose à l'autre, on m'a offert de travailler avec eux. Et j'ai accepté.

J'ai donc pris l'autobus local pour me rendre à Panajachel, là où venait de démarrer le projet. Au bout d'une longue route, je suis arrivée au bord du lac Atitlán qui m'a étonnée par sa taille et sa beauté. Posé là, au milieu des volcans comme dans un écrin de verdure, il semblait irréel. Ce lac est entouré de trois volcans, ce qui donne une allure tout à fait féerique au paysage. En trois semaines, je n'avais jamais tant vu de volcans, car il y en a aussi autour de la capitale et à Antigua. Cette fois, ils étaient tout proches : je les voyais devant moi, couverts de forêts, bien verts, reflétant leur silhouette dans le lac. Heureusement, ils étaient inactifs ! Mais on sentait quand même leur présence, et il m'a fallu quelque temps pour les apprivoiser.

À partir de ce jour, je suis entrée dans un autre monde. J'ai commencé à saisir les différences sociales des Guatémaltèques entre eux. Les Mayas, appartenant à vingt-deux ethnies différentes, sont ceux que l'on tient pour quantité négligeable quand il s'agit de prendre des décisions politiques. Ce sont très souvent des pauvres qui ne savent ni lire ni écrire. Tous les moyens sont bons pour les terroriser et, encore aujourd'hui, on les tourmente et on les assassine.

C'est étonnant de penser que c'est là-bas au Guatemala, au milieu des Mayas que j'ai vraiment compris la similitude qui existe entre les peuples indigènes. Dans leurs combats et leurs luttes farouches pour être reconnus comme citoyens dans leurs propres pays, les autochtones des deux Amériques sont frères. Au Guatemala, je trouvais que la cause indigène n'avait pas l'air d'avancer vite.

Malgré tout, j'ai eu l'impression d'avoir déniché une occupation à mon goût. J'allais faire ce que j'avais ébauché dans ma tête : utiliser mes capacités et mes connaissances pour rendre service à ceux qui en avaient besoin.

Mariel manifeste son impatience. Elle interrompt subitement sa mère d'une voix irritée :

— Maman ! Arrête ! Je veux savoir qui est ma mère. Tout de suite !

Mélanie plonge son regard dans celui de sa fille et dit :

— Ta mère… Ta mère s'appelait Benita.

6

Les artisanes

Il fait encore nuit. Le soleil ne va pas tarder à se lever, mais au village de Santa Catarina Palopó comme dans les autres villages qui bordent le lac Atitlán, tout le monde est déjà debout. Autour des maisons basses qui sont des huttes de planches mal jointes coiffées de palmes sèches, il y a un va-et-vient continu.

Les habitants, des Mayas, parlent à voix basse dans leur langue, le cakchiquel. Tous se hâtent de se mettre au travail avant que le soleil n'enflamme le ciel et que la chaleur s'installe. Assis par terre, le dos au mur, deux personnes attendent. Ce sont deux hommes tête et pieds nus. Le plus vieux fume en attendant sa tortilla du matin.

Une femme, les cheveux défaits, sort sur le seuil de la porte de la hutte. Elle secoue les nattes sur lesquelles les membres de la famille ont dormi. Dehors, se tournant vers un foyer de pierres grossièrement empilées dans lequel on distingue un feu de braises, elle dit :

— Vite, Benita ! Dépêche-toi ! Ton père et ton frère doivent partir.

— Oui, oui… dans une minute les tortillas seront prêtes, répond une toute jeune fille dont on repère la silhouette dans l'aube naissante. Elle a déjà revêtu son huipil et son corte. Sa longue tresse de cheveux noirs se balance dans son dos tandis qu'elle s'active à façonner les tortillas puis à les mettre à cuire. Un chien sautille autour d'elle et mordille ses chevilles nues. Elle le chasse :

— Lupita ! Va-t'en… Va jouer avec Juana et Marta. Elles reviennent avec l'eau.

Bientôt, apparaissent deux petites filles tenant chacune un seau rempli d'eau. Elles se bousculent et s'éclaboussent en riant. Lupita les encourage en poussant des jappements.

On commence à voir un peu plus clair. On entend des poules et des voix venant des alentours. Les chiens aboient. L'odeur du feu de charbon embaume l'air. On peut observer sur la terre battue de grands sacs de maïs séché et des paniers vides.

Benita distribue les tortillas à chacun. Son père, son frère, sa mère, ses petites sœurs. Puis, elle entre à l'intérieur de la maison porter une tortilla à sa grand-mère. On les entend parler à voix basse. Enfin Benita s'assoit dehors pour manger sa portion. Lupita revient et se couche à ses pieds, le museau sur les pattes.

Les deux hommes se lèvent. Ils ont à peu près la même taille. Trapus, plutôt petits, ils sont vêtus de pantalons coupés à mi-jambe et de chemises légères. Ils coiffent leur chapeau et empoignent chacun une houe qu'ils posent sur leur épaule. Ils portent en bandoulière un sac de toile dans lequel ils ont enfoui une tortilla et une mangue qui leur serviront de repas au cours de la journée. Sans un mot, les voilà grimpant le sentier pour rejoindre leur lopin de terre plus haut, au-delà des maisons. Les premiers rayons du soleil les accompagnent.

La terre, la milpa, où ils se dirigent, est un enclos de petite dimension situé dans les collines. La famille y cultive le maïs, les haricots et quelques plants d'oignon. Il s'agit de leur seul bien et de leur seule source d'alimentation. La plupart des habitants consacrent à leur champ toutes leurs énergies et leurs soins, car il en va de leur survie. Tout se fait à la main. Il est très rare qu'une récolte fructueuse leur permette de vendre quelques légumes au marché.

Durant les longues journées passées au grand soleil à retourner la terre de leur milpa ou à semer, la majorité des hommes et des garçons du village se retrouvent entre eux. Cependant, il arrive que les mères et les filles viennent leur prêter main-forte.

Ce matin, tandis que les hommes commencent leur travail là-haut, à la maison, les femmes rangent les restes du repas tout en saluant les travailleurs qui montent vers leur milpa. Quelques enfants portant dans leur dos une charge de bois retenue à l'aide du mecapal, *une large bande de cuir portée sur le front*, redescendent en soufflant. Benita joue avec Lupita en lui faisant attraper une boule de coton coloré, mais sa mère la rabroue :

— Ce n'est pas le temps de s'amuser. Va vite terminer ta pièce avec grand-mère.

À regret, Benita rentre à l'intérieur, sa petite chienne sur les talons. La grand-mère, l'abuela, l'attend.

La mère enroule ses longs cheveux nattés en tresses dans une bande de tissu violet qui lui fait comme une couronne. Puis, s'adressant aux fillettes, elle s'écrie d'une voix impatiente :

— *Vous deux, Marta et Juana, venez vite enfiler les colliers. Cet après-midi, on doit aller les vendre à Pana. Allez, grouillez-vous !*

Délaissant leurs jeux, les deux petites filles s'accroupissent auprès de leur mère qui tient un grand panier rempli de billes de terre cuite et de papier mâché. Elles se mettent à les enfiler pour en faire des parures qui plaisent beaucoup aux touristes.

Benita s'installe au métier à sangle dorsale et s'empresse de terminer le corsage qu'elle tisse depuis plusieurs jours. Elle sait qu'ensuite sa grand-mère l'aidera à coudre les pièces ensemble et à broder le devant du vêtement. Benita aime ce travail. Elle aime suivre les conseils de sa grand-mère qui demeure une artisane réputée malgré son âge et sa mauvaise santé. Dans le panier contenant les bobines de fil, elle adore choisir les couleurs les plus éclatantes et les intégrer aux motifs de son tissage. Ses mélanges audacieux surprennent parfois. Les aînés du village sont très pointilleux sur les formes et les motifs qui ornent les

tissages. *Il en va de la réputation du village, car les dessins et les couleurs perpétuent une tradition très ancienne qui distingue chaque groupe d'artisans.*

Mais l'abuela ne réprimande pas Benita, au contraire. Elle rit de ses innovations et l'encourage à expérimenter avec les fils de coton. Elle-même, assise sur une natte auprès de sa petite-fille, brode avec une grande dextérité des ceintures et des vêtements.

— Grand-mère, je vais aller dehors, il n'y a pas assez de lumière, ici, annonce Benita.

— Vas-y, mais reste à portée de voix, dit l'abuela.

Benita se transporte dehors avec son métier et s'accroupit le dos au mur, là où son père et son frère se tenaient plus tôt. Le soleil éclaire bien ce lieu maintenant. Elle s'applique en silence, penchée sur le tissu qui prend forme. Benita tisse formidablement. Elle sait qu'elle est adroite parce qu'elle a bien écouté sa grand-mère et aussi parce qu'elle adore jouer avec les couleurs. De plus en plus, malgré son jeune âge, elle maîtrise son art. Il lui arrive parfois d'imaginer une pièce dans sa tête, de composer les motifs d'oiseaux ou de fruits en alignant les bobines de fil. Ces ébauches ne sont

54

que des chimères, car Benita n'a pas d'argent pour acheter les fils de coton et de soie nécessaires pour réaliser ses projets. Si au moins j'avais du papier et des crayons pour les dessiner ! *pense-t-elle.* Mais non, ici, il n'y a rien de tout cela.

Benita se plonge dans le travail. Elle ne voit pas le temps passer. Puis, quand midi arrive, sa mère déclare qu'il est l'heure de descendre à Pana, ou Panajachel, le gros village des bords du lac.

Les deux plus jeunes portent chacune un panier rempli de bracelets, de colliers et de porte-clés. Benita et sa mère ont soigneusement plié les pièces de tissu, les huipiles, *les écharpes aux couleurs vives, les châles. Benita porte son ballot sur sa tête ; sa mère drape le sien sur ses épaules. La petite chienne, Lupita, les suit en trottinant.*

Les quatre femmes descendent le sentier et se retrouvent sur la place où se dresse l'église toute blanche, la plus imposante construction des alentours. Plus bas, sur la grève, le long du quai de bois, les lanchas, *les bateaux, se remplissent de clients. Une petite foule s'est massée sur la grève pour accueillir ceux qui arrivent des autres villages autour du lac.*

— Maman ! On prend la lancha ? *demande Juana.*

— Je n'ai pas assez de quetzales[2] pour payer le passage, répond la mère.

Marta et Juana sautillent déjà sur le quai, rejoignant d'autres familles avec des enfants.

— Benita ! s'écrie la mère, va chercher tes sœurs.

Benita les rattrape et toutes les quatre se mettent en route sur le sentier longeant la rive. Il fait très chaud. Pour aller jusqu'à Pana, il faut une bonne heure de marche.

— Si on vend bien, déclare la mère pour arrêter les soupirs et lamentations de ses filles, on prendra la lancha pour rentrer. Allez, un peu d'énergie !

---

2. Monnaie du Guatemala.

7

Panajachel

Il y a beaucoup de monde sur la plage de Panajachel. Une petite foule se presse au bord des nombreux quais. Des voyageurs, des commerçants et des touristes, mais aussi des centaines de vendeurs ambulants comme Benita et sa famille. C'est ici qu'ils viennent quotidiennement offrir leurs produits.

La compétition entre les vendeurs est féroce. Ceux qui offrent des bouteilles d'eau et des fruits se faufilent sans vergogne en bousculant les gens et en criant :

— Agua ! Agua !

Les jeunes qui veulent liquider leurs articles doivent savoir s'y prendre. En fait, garçons et filles harcèlent les touristes dès qu'ils les repèrent.

— Scarf ! Scarf ! Bi-outiful…

— One dollar ! One dollar…

— *Hamac. Pas cher… Cheap ! Cheap !*

Pour réussir, il vaut mieux avoir l'air jeune et être agréable à regarder.

En effet, beaucoup de touristes s'émeuvent volontiers devant l'âge tendre et l'aspect fragile de ces jeunes qui tournent autour d'eux sans répit.

Il faut avouer que cet élément joue en faveur de Benita. Dès qu'un visiteur, même peu enclin à acheter un souvenir – un tipico *comme on appelle ici les pièces d'artisanat –, voit apparaître le visage de Benita, il fond.*

Dotée d'un visage délicat, d'une peau lisse juste un peu basanée, d'immenses yeux noirs et d'un sourire dévastateur, elle possède une grâce sans pareille. Ses tresses noires, relevées autour de sa tête et rehaussées d'une bande de tissu turquoise, lui donnent une allure princière. Son corsage – qu'elle a confectionné elle-même – est splendide et ses broderies retiennent le regard. Benita est toute mince dans son corte *sombre, et sa ceinture multicolore souligne sa taille fine.*

Elle a compris depuis longtemps comment tirer profit de sa beauté. Elle choisit certaines personnes, souvent des femmes, les suit et leur parle de sa voix douce. Elle les retient en étalant ses tissages sur un bras. Cette tactique fonctionne merveilleusement bien.

Aujourd'hui, Benita trouve qu'il y a vraiment trop de monde autour des bateaux. Elle s'éloigne sur la plage et se dirige vers une enfilade de restaurants et de cafés, où des convives sont attablés sous des parasols, sur des terrasses construites sur le sable. Pendant ce temps, les deux petites sœurs de Benita suivent les voyageurs qui descendent des lanchas. Elles crient à qui mieux mieux en jouant des coudes :

— Two for one dollar ! Two for one dollar !

À force de détermination, elles arrivent à vendre quelques colifichets. La mère reste près des quais où elle retrouve quelques amies pour bavarder entre deux ventes sous pression. Le long de la plage, Benita réussit à faire des affaires. Soudain, de la terrasse d'un café, quelqu'un l'interpelle. Benita examine les clients et reconnaît, à une table, Madame Rosa assise avec une étrangère. Madame Rosa fait signe à Benita de s'approcher.

Madame Rosa vient de Santa Catarina. Elle a créé un regroupement des artisanes du village et elle est une amie de la grand-mère de Benita. Elle connaît le talent de la jeune fille.

— *Viens, Benita !* insiste Madame Rosa.

Benita n'ose pas s'approcher. Elle se sent intimidée par ces étrangers qui la dévisagent. Mais elle sait qu'elle doit vaincre sa timidité si elle veut vendre ses articles. Elle pense aux bobines de coton et de soie qu'elle voudrait tellement s'acheter au marché de Sololá. Le fil coûte toujours trop cher.

Après une légère hésitation, Benita s'avance vers Madame Rosa en se faufilant entre les tables. Celle-ci l'accueille en souriant et lui présente l'étrangère assise à ses côtés.

— *Elle s'appelle Mélanie,* dit Madame Rosa.

— *Buenas tardes[3], Benita !* lance l'étrangère.

Surprise de constater que l'étrangère sait déjà son nom, la jeune fille pose ses châles et ses autres tissages sur la table. Mélanie les palpe et les examine pendant que Madame Rosa discute en cakchiquel avec Benita.

— *Tu sais, Benita, nous avons ouvert un centre ici, à Pana. C'est pour les jeunes comme toi. Regarde : c'est le bâtiment jaune, là-bas, avec la porte bleue. C'est un*

---

3. Bon après-midi.

endroit pour tous les jeunes qui ne vont pas à l'école. Nous y montons un atelier de tissage. Veux-tu venir?

Benita hausse les épaules. Elle sait bien que sa mère ne voudra pas. Il lui faut tisser, encore tisser, et puis vendre. Madame Rosa connaît bien les réticences des familles indiennes à laisser leurs enfants aller dans les écoles ou les centres d'apprentissage. Elles ont besoin de tous les bras disponibles pour subvenir à leurs besoins. Mais Madame Rosa a un argument fort dans sa poche. Elle poursuit :

— Benita, c'est gratuit. Nous allons acheter tout le fil qu'il faut pour tisser et broder. Même des perles pour les colliers. En plus, nous aurons une salle spéciale pour vendre les objets. Une salle d'exposition.

Benita sent son cœur battre très fort. A-t-elle bien entendu? Des fils à tisser à volonté, sans avoir à les payer? Elle sort aussitôt de son mutisme et demande :

— On peut tisser avec les fils... gratuitement ?

— Oui, c'est exact, Benita. Viens demain. Mélanie et moi t'attendrons.

Benita, toujours à pied, parcourt les quelques rues commerçantes en talonnant les clients potentiels devant la banque, devant la poste et même aux abords des restaurants. Elle ne peut s'empêcher d'envier ceux qui peuvent se payer un emplacement sur la calle Santander, une rue commerçante bordée de boutiques, où les vendeurs profitent d'un kiosque abrité du soleil et d'une chaise pour se reposer.

Benita met moins d'ardeur qu'auparavant à vanter ses produits auprès des passants, car les propos de madame Rosa ne cessent de tourner dans sa tête : des bobines de fil à volonté...

Puis, le soleil descend et arrive l'heure de rentrer au village. Benita est contente de ses ventes. Elle se dirige vers le quai d'où partent les lanchas vers Santa Catarina Palopó. La pile de tissus qu'elle portait sur la tête est beaucoup moins lourde. Elle tâte les pièces de monnaie dans sa poche. Sa mère et ses petites sœurs sont déjà là. Elles courent vers elle en criant :

— *On rentre avec la lancha !*

Pendant le court trajet, Benita songe aux paroles de madame Rosa. Elle voudrait bien raconter sa rencontre à sa mère, mais le bruit du moteur et des vagues couvre les voix. Je lui parlerai plus tard, songe-t-elle.

Dans sa tête elle échafaude toutes sortes de projets. Elle tente aussi de trouver de bons arguments pour que sa mère lui donne la permission de fréquenter l'atelier de madame Rosa.

L'arrivée au village est bruyante. On a allumé des bougies sur la plage et la petite chienne Lupita, retrouvant sa chère maîtresse, saute et aboie joyeusement. Plusieurs familles entreprennent de gravir le chemin de terre en direction de leur demeure. On bavarde, on rit ; la longue journée au soleil est terminée.

Benita accomplit ses tâches comme toujours. Avant d'en parler à sa mère, elle a eu le temps de réfléchir à la proposition reçue. Elle a décidé de se confier en premier à sa grand-mère. Elle est certaine que son aïeule comprendra son désir.

8

Vas-tu me
dire ?

Depuis que Mélanie a résolu de raconter à sa fille les circonstances entourant sa naissance, Mariel est de meilleure humeur. Elle a repris ses activités sportives et ses longues conversations avec ses amies. Mais on ne peut pas dire qu'elle est entièrement rassurée. Son impatience grandit au fur et à mesure que Mélanie lui dévoile des détails sur la vie quotidienne des Mayas du Guatemala. Mélanie s'essouffle. Il y a tant de choses à expliquer ! Et peut-être tant de vérités à taire… Mariel saisit plein d'éléments non exprimés dans les paroles de sa mère. Elle est parfois bouleversée. Elle est aussi très têtue :

— Maman ! Tu me parles de ma mère, d'accord, de ces gens que je n'ai jamais vus, mais vas-tu enfin me dire comment toi et papa m'avez emmenée ici? Et pourquoi je ne suis pas restée là-bas avec elle?

Mariel est insatiable. Elle veut tout savoir. Son impatience devient obsédante. Elle finit même par discuter de son adoption avec ses meilleures amies, au cours de leurs randonnées à bicyclette.

— Arrête donc de te poser cent questions, recommande Juliette. Tu es une fille d'ici, maintenant, même si tu viens d'ailleurs.

— Oui, mais j'ai peut-être des talents cachés qui me viennent de mes parents! rétorque Mariel.

— Comme quoi? interroge Charlotte.

— Je n'en sais rien, mais… Je ne sais pas… un goût pour la nourriture épicée, par exemple! Ou une facilité pour parler… euh… l'espagnol.

— Tu as peut-être des maladies rares! s'écrie Stéphanie en pouffant de rire.

— Eh oui! Papa m'a dit que son père fait du diabète et que ça se transmet de père en fils et en fille, renchérit Juliette. Lui en fait aussi.

— Une chose certaine, c'est que tu as hérité tes cheveux noirs de tes parents de là-bas, déclare Charlotte. Ça, c'est clair.

Mariel n'ose pas parler des faits que sa mère lui a révélés sur son lieu de naissance et sur le mode de vie de sa famille. *Mes amies s'en fichent un peu,* pense-t-elle. Mais elle ne peut s'empêcher de repenser que cette femme qui fut sa mère vivait dans une cabane, devait cuisiner pour les autres, tisser et broder, puis vendre ses articles aux touristes sans fréquenter l'école. Savait-elle lire ? Peut-être pas… Et son père ?

Elle pense à sa chambre, au confort dont elle est entourée, à la vie douce qu'elle mène. Est-ce que c'est ça la pauvreté : ne s'occuper que de trouver de quoi manger, chaque jour, sans penser à plus tard ? *Moi, j'ai tant de projets pour plus tard ! Je suis sûre que ce sera en rapport avec la peinture, les couleurs. Je n'en démordrai pas…*

Un soir, Julian Carlos vient chercher Mariel à la sortie de son cours de judo. Sur le chemin du retour, elle en profite pour lui poser des questions.

— Papa, ma mère, est-ce qu'elle savait lire ?

Julian Carlos est un peu surpris par la question mais, connaissant la soif de Mariel de tout savoir sur ses origines, il sourit et dit :

— Non, elle ne savait ni lire ni écrire. Mais Mélanie lui a appris.

— Elle lui a fait l'école ?

— Pas vraiment, mais elle lui a quand même appris assez d'espagnol pour qu'elle puisse se débrouiller.

Mariel garde le silence. Elle réfléchit tout au long du trajet vers la maison. Puis, soudain, elle éclate :

— Papa, je veux savoir ! Je veux savoir pourquoi vous m'avez adoptée ! C'est quoi la vraie raison ?

Julian Carlos ralentit et finit par arrêter sa voiture le long du trottoir.

— Mariel, nous savons, ta mère et moi, que tu veux être renseignée sur tes origines. Mais tu dois comprendre que pour Mélanie, te révéler les circonstances de ton adoption, c'est revenir en arrière et se souvenir de ta mère, Benita, qui était son amie et qui est morte de façon dramatique. Elle met un peu de temps à te raconter tout ça parce que ça lui fait encore très mal.

— Alors, ça veut dire que mes parents sont morts ? Pourquoi dis-tu « de façon dramatique » ?

— Oui, tes parents sont morts. Ton père est mort d'abord et ensuite ta mère. Tu vas voir que ce n'est pas simple. Ce n'est pas seulement parce que la famille était pauvre et sans avenir, continue Julian Carlos. C'est aussi à cause de la situation des Mayas dans leur propre pays. Tu sais, leur façon de vivre et de penser, leur désir de respecter leurs traditions anciennes les maintiennent dans des situations très précaires où règnent encore la peur et la terreur, même après une guerre civile entre les forces gouvernementales et les indigènes qui a duré très longtemps. Les Mayas tentent par tous les moyens de conquérir des outils pour faire valoir leurs droits et se défendre des abus. Cela prend du temps. Sans doute que les choses ont changé, aujourd'hui. Mais au moment où Mélanie résidait là-bas, la vie des Mayas était dangereuse.

— Et moi, dans tout ça ?

— J'y arrive. Ta mère biologique a vécu toute sa vie dans la peur. Son père, son frère ont été pourchassés et torturés. Dans les villages comme celui de ta mère, on tuait les gens seulement à cause de soupçons qu'on avait sur leur appartenance à des regroupements de paysans qui, selon les autorités militaires, défiaient leurs ordres. Il s'est passé des choses épouvantables aux alentours de ce village. Des tas de gens sont morts pour rien.

— Alors, c'est à cause de ces horreurs que vous m'avez adoptée ?

— Oui, c'est à cause de ça. Mais il y avait autre chose…

9
Benita

C'est la grand-mère, l'abuela, qui a convaincu la mère de Benita de la laisser aller au centre de Madame Rosa. Mais la jeune fille a dû promettre d'accomplir toutes ses tâches avant de quitter la maison.

— Tu iras le matin et, après, tu retourneras travailler sur la plage comme d'habitude, dit la mère d'un ton réticent.

Benita s'efforce de ne pas montrer sa joie. Son cœur bat très fort. Elle baisse les yeux pour cacher son excitation. C'est la première fois, à seize ans, qu'elle s'en va seule à Panajachel. Si entrer dans une maison inconnue où il y a des étrangers l'inquiète un peu, elle se réconforte en se disant que c'est un peu comme aller à l'école, où elle n'a jamais mis les pieds. Sa mère lui donne mille conseils qu'elle n'écoute pas.

— *Au retour, tu nous expliqueras ce qui se passe là-bas. Rodrigo, ton cousin de San Marcos, y est allé déjà.*

— *Ah ! Il y est encore ? demande Benita.*

— *Non. Il est parti travailler dans une plantation de café avec ses frères.*

Benita se lève plus tôt que d'habitude et accomplit toutes ses tâches. Puis, sa chienne sur les talons, elle prend le chemin de Panajachel. Elle renvoie Lupita à la maison non sans peine et se met en marche. Elle a tellement hâte qu'elle aurait envie de courir. Mais le sentier est étroit et encombré de gens qui, avec leurs charges sur le dos ou sur la tête, s'en vont à la rencontre des acheteurs au débarcadère. Benita n'a pas envie de leur parler ; elle se concentre plutôt sur ce qu'elle va dire à madame Rosa. Plus elle avance, plus elle est prise de frayeur devant la nouveauté qui l'attend. Mais elle s'arme de courage et de détermination : elle ne veut pas manquer cette chance qui s'offre enfin à elle ! Délaissant la plage, elle enfile une petite rue bordée d'échoppes et se dirige d'un pas hésitant vers la maison à la porte bleue. Elle se rend compte qu'une autre femme, devant elle, se dirige vers la même maison. C'est une femme du village. Vite, elle la rejoint pour ne pas être seule à franchir le seuil.

À l'intérieur, les murs sont peints de couleurs vibrantes et le soleil entre à flots par de grandes fenêtres. Benita cherche madame Rosa des yeux. Elle n'est pas là. La jeune fille est désemparée : doit-elle rester ou s'enfuir ? C'est l'étrangère, la femme blonde rencontrée sur la plage, qui vient vers elle, un grand sourire sur les lèvres :

— Benvenida Benita[4] !

Benita est seule devant Mélanie. Celle-ci manifeste sa joie de la revoir en lui tendant la main. Maîtrisant son émoi, elle balbutie les quelques mots d'espagnol qu'elle connaît :

— Quiero aprender.

— Que quieres aprender ? *interroge Mélanie.*

— Todo[5], *répond Benita.*

Elle se laisse mener dans une pièce où se trouvent déjà quelques adolescents et des adultes, assis à des tables. Ils semblent bien occupés, mais ils lèvent tous la tête en la voyant entrer. Mélanie lui indique une

---

4. Bienvenue, Benita !
5. Je veux apprendre. Que veux-tu apprendre ? Tout.

place devant une table vide et lui apporte des feuilles blanches et une boîte pleine de crayons de couleur. Benita regarde ces immenses richesses dont elle n'avait pu que rêver jusqu'à ce jour. Elle les touche, examine les crayons et lève les yeux vers Mélanie. Répondant à son interrogation muette, celle-ci dit :

— Si, si... para ti[6] !

Il n'en faut pas plus pour que la jeune Maya saisisse un crayon et se mette aussitôt à dessiner sur la feuille blanche en un geste spontané. Elle est mue par une irrésistible poussée créatrice. Son plaisir est si communicatif que les autres arrêtent leurs occupations et l'observent. Petit à petit, les gens font des commentaires, qu'ils expriment tous en cakchiquel. Une fraternité s'installe parmi eux, ce qui achève de rassurer totalement la jeune fille.

Les heures filent. Mélanie trace des lettres dans un cahier et lui montre quelques mots. Benita est très contente. La porte de la salle s'ouvre et madame Rosa apparaît enfin. Après des exclamations et des embrassades, madame Rosa fait faire le tour de la maison à la nouvelle venue. Lorsqu'elle arrive à l'atelier de tissage,

_____
6. Oui, oui... pour toi !

Benita découvre une pièce lumineuse où est installé un grand métier à tisser en bois sur lequel s'active un tout jeune homme, entre de grands paniers remplis de bobines de fil de toutes les couleurs. Quelques jeunes filles, accroupies sur le sol, tissent sur leur métier portatif.

Madame Rosa laisse la petite observer. Celle-ci ne peut s'empêcher de plonger ses deux mains dans les paniers. Madame Rosa lui dit :

— La prochaine fois, apporte ton métier. Tu pourras utiliser ces fils...

— Pour vrai ?

— Pour vrai ! répond madame Rosa en souriant.

À midi, Benita reprend son ballot et quitte à regret le centre. Mélanie lui a remis un crayon et un cahier qu'elle a enfouis dans son sac. Elle se promet bien de les mettre à l'abri des mains curieuses de ses petites sœurs.

Mélanie la regarde s'éloigner. Benita, de sa gracieuse démarche, semble flotter dans l'air. Elle se retourne et salue de la main celle qui l'observe, un grand sourire sur les lèvres. Mélanie est frappée par sa beauté et par son regard tout pétillant de joie. Elle se promet d'aider cette enfant à trouver un peu de bonheur.

Pour Benita, il n'est pas question de rentrer encore. Il lui faut vendre ses produits et raconter cent fois le même boniment pour rapporter des quetzales au bercail. Mais elle est tellement stimulée par sa matinée qu'elle se lance à l'assaut des touristes avec un regain d'enthousiasme, se dirigeant avec aplomb vers l'entrée verdoyante d'un grand hôtel.

10
L'atelier de tissage

Mariel s'est un peu apaisée. Elle ne réclame plus sans cesse de connaître les détails de sa naissance et de son adoption. Dans son for intérieur, elle a le pressentiment que la suite sera difficile à encaisser.

Le soir, dans sa chambre, elle feuillette le vieil album de photos de Mélanie. On y voit justement les bords du lac Atitlán avec les volcans. Et tous ces gens, dans leurs costumes colorés, qui encerclent les voyageurs sur les plages. Mariel reconnaît le centre où travaillait Mélanie, la maison basse avec sa porte bleue et ses murs jaunes. Parmi les élèves qu'on voit regroupés devant la façade, il manque Benita, sa mère. Pourquoi?

Mélanie a expliqué qu'elle n'était pas là le jour de la photo et qu'elle avait peut-être peur de se faire photographier. Mariel est déçue. Mélanie a beau lui dire combien Benita était jolie, avec ses longues tresses noires enroulées autour de sa tête qui la coiffaient comme d'une couronne, Mariel n'arrive pas à imaginer sa mère maya. Elle perçoit, par contre, que la voix de Mélanie change quand elle parle de la jolie Guatémaltèque. Elle devient grave et hésitante. Mariel soupçonne que Mélanie s'efforce, sans trop de succès, de masquer le grand chagrin encore présent dans son cœur.

En attendant que Mélanie reprenne son récit, Mariel propose à ses deux meilleures amies de cuisiner un repas mexicain. Les trois filles envahissent la cuisine ; Mariel commence par faire une razzia dans le garde-manger.

— Il n'y a pas tout ce qu'il faut ! s'écrie-t-elle.

Alors, livre de recettes en mains, Mariel, Juliette et Charlotte s'en vont au supermarché. Elles reviennent avec une quantité impressionnante de sacs, de boîtes et de flacons.

— On fait des tacos ou des fajitas ? demande Juliette.

— Les deux ! annonce Mariel.

Les voilà toutes trois occupées à couper, râper, frire et chauffer les ingrédients jusqu'à ce que les délices soient prêts. La famille Ruiz sert de cobaye.

C'est une réussite. Cependant, Mariel, les joues barbouillées de sauce, se désole :

— La *salsa* n'est pas assez piquante !

— Tu vois, je te l'avais dit : c'est ça, ton héritage guatémaltèque ! Nous, on trouve ça juste assez épicé.

C'est la rigolade générale. Quelques jours plus tard, Mélanie reprend son récit.

— Benita est arrivée avec son métier à sangle dorsale et s'est installée dans l'atelier de tissage, puisant dans les paniers les couleurs tant admirées. C'était un plaisir de la voir travailler. Elle avait l'air si heureuse ! Elle choisissait avec soin ses bobines et quand j'avais le loisir de venir la rejoindre, je l'entendais bavarder avec les autres personnes qui partageaient l'atelier. Mais, elles parlaient leur langue, et je n'y comprenais pas grand-chose.

Petit à petit, Benita devint une de nos élèves les plus assidues. Sa timidité et sa réserve avaient fondu, ce qui me faisait penser que tisser était son véritable mode d'expression. Au bout de quelques semaines, les bandes de tissu que Benita avait entrepris de tisser ont été terminées. Elles étaient rouges rayées de blanc, avec une partie où des oiseaux et des fleurs tranchaient sur le fond. Ce tissu me semblait bien différent de celui des corsages flamboyants que je voyais autour de moi. Mais ce n'était pas fini ! Sous mes yeux, elle a cousu les pièces ensemble. Elle m'a expliqué que l'étape suivante consistait à broder l'encolure et à choisir les plus belles couleurs pour les broderies sur le devant du vêtement. Elle me demanda de l'aider à choisir les fils de coton, mais je n'osais pas m'engager dans une décision qui relevait, croyais-je, d'une façon de faire dont on ne pouvait déroger. J'avais appris que, dans toutes les tâches domestiques − et tisser en était une −, des règles strictes dictées par la tradition devaient être respectées. Mais elle insistait.

Pour la première fois, elle me parlait de ses goûts à elle et des miens, en m'expliquant sommairement comment la broderie allait donner au corsage son caractère unique. Les autres artisanes se mirent de la partie. Je compris bien vite que pour ces gens, confectionner un *huipil* était quelque chose de très sérieux. Chaque couleur avait, pour eux, un sens caché. Le rouge représente le soleil, le cœur de l'univers. Le jaune est lié à un symbole − j'ai oublié lequel − et le turquoise, le bleu… ah ! Je ne m'en souviens plus, mais les couleurs avaient toutes une signification. Tu comprends mon hésitation ! J'ai quand même sélectionné quelques teintes qui me plaisaient, pour lui faire plaisir.

Même si Benita passait beaucoup de temps à l'atelier de tissage, je continuais à lui apprendre des mots nouveaux en espagnol et à l'aider à décoder des textes toujours plus complexes. Nous étions bien ensemble et je pense vraiment qu'elle m'avait accordé sa confiance.

Un jour où elle se trouvait à l'atelier, nous avons eu la visite d'un journaliste et d'un photographe. Madame Rosa, la directrice, et les autres bénévoles étaient contents de faire l'objet d'un reportage qui allait être publié dans un quotidien local. Puisque les indigènes ne lisaient pas le journal – qui était rédigé en espagnol –, ce reportage n'allait pas avoir beaucoup d'incidence sur la fréquentation des cours et des ateliers, mais nous étions enchantés qu'on parle de notre travail.

Je menai le photographe à l'atelier de tissage et je lui expliquai comment nous souhaitions développer une coopérative et avions l'espoir d'offrir bientôt des cours de tissage à des étrangers, à des touristes et à des résidents, ce dernier projet découlant de ma propre initiative. Il est vrai que la réputation des tisserandes artisanales du Guatemala était excellente et avait fait le tour du monde. L'adresse et le savoir-faire de Benita y étaient pour quelque chose. Elle connaissait désormais tous les mots liés à son art, et ce qui naissait de ses mains était si joli, si parfait, que je ne doutais pas un instant qu'elle aurait pu, avec sa gentillesse, communiquer ses connaissances à tous.

La porte de l'atelier s'ouvrit et le journaliste entra à l'intérieur, suivi du photographe. Dès qu'elle vit ce dernier avec son appareil au poing, Benita arrêta de tisser. Son visage changea et un masque de peur déforma ses traits. En un éclair, elle défit les sangles de son métier, enroula ses affaires et se précipita dehors en nous bousculant au passage. Je ne comprenais pas ce qui se passait. Il y avait une telle panique dans son regard que je n'osai dire un mot. Tout à coup, j'ai eu le sentiment que je ne la reverrais plus...

11

Vivre dans la peur

*D*epuis qu'elle fréquente le centre, Benita a appris une foule de choses. Elle a acquis une certaine aisance à parler l'espagnol et elle fait des progrès notables en lecture et en écriture.

Les pièces qu'elle tisse et brode à l'atelier se distinguent par leur côté soigné et innovateur. Madame Rosa les garde en vue d'une exposition. D'autres sont vendues à peine terminées à des clients avertis du centre. Lorsqu'elle est avec Mélanie, Benita est à l'aise. Celle-ci a vaincu sa timidité, si bien qu'elle lui parle volontiers de sa famille, de son village, de sa petite chienne. Elle confie à Mélanie ses espoirs que celle-ci encourage et nourrit, même si elle sait combien leurs chemins de vie divergent.

Malgré cela, une belle amitié les unit, faite de confiance et d'admiration.

Pourtant, Benita cache à son amie blanche ce qui la rend nerveuse et craintive. En fait, la fréquentation du centre par les jeunes des villages a singulièrement baissé car, ces derniers temps, les violences ont repris dans les alentours des villages situés sur les rives du lac. Des rumeurs vont et viennent. À la nuit tombée, les gens se réunissent avec les aînés pour discuter et prendre des décisions. On entend des appels, des bruits suspects et, de loin, arrivent des cris étouffés et des coups de feu qui sèment la frayeur dans la communauté.

Les indigènes mayas ne sont jamais en paix. On raconte que les hommes qui travaillent aux champs se font attaquer. Certains même disparaissent et on ne sait pas où les chercher. Pourquoi tant de haine ? Une atmosphère de terreur sourde règne autour des huttes. À Santa Catarina Palopó, on discute tard dans la nuit sans allumer les bougies, pour ne pas attirer l'attention. Benita écoute. D'inquiétantes nouvelles circulent. Des milices armées et des polices secrètes arpentent les collines et interrogent les paysans. Le moindre regroupement est suspect. Ces raids punitifs se répètent sans raison et la violence se déchaîne.

Benita et ses petites sœurs reçoivent des consignes sévères : ne pas répondre aux questions des gens de Panajachel.

— Ton père et ton frère se cachent dans la montagne, poursuit sa mère. Pour les faire sortir de leur cachette, on peut s'attaquer à nous. Il ne faut rien dire. Tu as compris ? Rien. D'ailleurs, tant qu'il y a du danger, nous ne bougerons pas.

Bientôt, tous les hommes et les garçons s'enfuient du village. Il ne reste dans les huttes que les femmes et les jeunes enfants, qui font mine de vivre normalement, vaquant à leurs occupations.

Pour Benita, il est désormais impossible d'aller au centre. L'atelier de tissage, c'est fini pour elle. Benita, avec résignation, doit obéir. Elle sait bien qu'elle court plus de risques en allant en ville. Heureusement, elle a eu la présence d'esprit, il y a quelques jours, de ne pas se laisser photographier au centre. Les membres de la police secrète savent tout ; ils retracent les gens sans en avoir l'air. Ils doivent savoir qu'elle fréquentait le centre de madame Rosa. S'ils avaient vu sa photo, seraient-ils venus l'interroger sur les activités de son père et de son frère ? C'est de ces gestes-là qu'il faut se méfier. Elle l'a échappé belle, et elle en garde le secret au fond de son cœur.

Prenant son mal en patience, elle espère retourner au centre lorsque le calme sera revenu. Elle se doute bien que certaines personnes contestent le désir des jeunes filles du village qui, comme elle, veulent quitter le schéma traditionnel d'une vie consacrée uniquement aux tâches domestiques pour aller apprendre autre chose avec des étrangers. Partager son savoir-faire avec une Blanche est-il une faute impardonnable aux yeux de certains?

En attendant, Benita redoute les violences qui touchent les membres des familles du village. Toutes les femmes et les enfants des hommes soupçonnés de rébellion sont menacés. Le viol, la torture, l'assassinat sont fréquents. On en parle à mi-voix tout autour. Les habitants qui sont pauvres ne peuvent quitter leurs maisons, n'ayant nulle part où aller se cacher, si ce n'est la forêt ou la montagne, avec toute l'insécurité et la peur que ces lieux inspirent. Benita soupire et se désole car, à seize ans, peut-on vivre dans la peur? Est-ce que ça finira, un jour, cette horreur? se demande-t-elle.

Plus les jours passent, plus Benita regrette le centre. Elle se rend compte à quel point la présence de Mélanie, qui lui enseigne des mots et des phrases avec patience, lui manque. Elle s'ennuie de son sourire, de ses gestes amicaux, du ton de sa voix. Elle pense avec regret à sa vie d'avant, car Mélanie lui avait laissé entrevoir un débouché, une voie lumineuse dans sa vie monotone. Elle avait découvert l'espoir et une complice qui voulait l'aider à devenir une artisane autonome capable de gérer un petit commerce. Et maintenant, comment faire ? Elle reprend son précieux cahier et repasse ses « leçons ». Pour meubler les heures, elle dessine avec les crayons que Mélanie lui a offerts et brode avec application un nouveau corsage, un huipil plein de couleurs.

En attendant, elle arrache une page de son cahier et écrit soigneusement quelques mots pour expliquer son absence. Elle trace un oiseau bleu en guise de signature. Elle cache le billet plié dans son ceinturon et, sans rien dire à personne, elle descend le chemin, vers le bord du lac. Là-bas, il y aura certainement quelqu'un qui s'en va à Pana.

Arrivée au quai, elle constate qu'il y a peu de touristes. Les petits vendeurs, la mine basse, se reposent. Benita retrouve deux de ses amies, toutes deux vêtues de leurs beaux huipiles et qui ont guetté l'acheteur pendant de longues heures.

— Je n'ai rien vendu, dit l'une en soupirant.

— *Moi non plus, avoue l'autre.*

— *Toi, tu ne vas plus à Pana ? demande la première.*

— *Non, se contente de répondre Benita, sachant qu'elle n'a pas besoin d'expliquer pourquoi.*

Elle s'éloigne, ne voulant surtout pas qu'on sache ce qu'elle cherche. Elle surveille les allées et venues des gens et des lanchas qui viennent de l'autre rive et qui rentrent à Pana. Elle ne reconnaît personne qui pourrait se charger de son message. Alors, discrètement, elle rejoint les deux autres filles. J'aurai plus de chance demain, songe-t-elle.

Les trois filles s'attardent à bavarder tandis que les derniers rayons du soleil couchant étendent sur l'eau du lac une nappe dorée.

12
Larmes amères

Mélanie frappe à la porte de la chambre de sa fille. Elle tient une grande boîte dans ses bras. Elle dit :

— C'est maman, j'ai quelque chose pour toi.

Mariel fait entrer sa mère, qui pose sur elle un regard intense avant de s'asseoir sur son lit.

— Tu te souviens du récit que je t'ai fait où Benita s'est sauvée devant un photographe ?

— Oui, maman, je m'en souviens. D'ailleurs, je n'ai toujours pas bien compris pourquoi…

— Écoute-moi, je vais te raconter la suite.

— Plusieurs jours ont passé. Benita ne revenait toujours pas. J'étais bouleversée. J'allais à sa recherche sur la grève près des quais pour voir si elle ne se trouvait pas parmi tous ces enfants qui harcelaient les touristes. Car, en apparence, la vie n'avait en rien changé. Je ne saurai sans doute jamais les raisons de sa frayeur et de son départ précipité. Je ne pouvais que faire des suppositions.

Je t'ai parlé, déjà, de l'incertitude qui régnait dans ce pays. Pour mieux comprendre le comportement des autochtones, je m'étais renseignée. Sans suivre un véritable cours d'histoire, j'avais lu des livres et surtout, discuté avec des personnes qui s'occupaient d'un centre culturel à Antigua.

La peur que j'avais vue sur le visage de Benita n'était peut-être pas du tout un refus de se faire photographier, comme je l'avais cru. Cette frayeur venait sans doute d'ailleurs. Le pays sortait à peine d'une terrible guerre civile durant laquelle on avait massacré des milliers d'indigènes et rayé de la carte des villages entiers. Qui étaient ces assassins ? Des forces militaires, paramilitaires et la police secrète. Les rancœurs et les haines, malgré les négociations et les pourparlers en vue de mettre fin au conflit, étaient toujours vives.

Les luttes armées et les mesures punitives visaient la plupart du temps les habitants des villages qui, tentant de revendiquer leurs droits ou simplement de se regrouper pour se faire entendre, devenaient instantanément des personnes à éliminer aux yeux des autorités locales et nationales.

Après des jours d'attente et d'inquiétude, je finis par savoir que le frère et le père de Benita étaient recherchés par la police secrète encore à l'œuvre dans les parages. Pourquoi les poursuivait-on ? Ça, je ne pouvais le découvrir. Ces hommes étaient cachés quelque part dans les montagnes et je n'apprendrais rien. Est-ce pour qu'on ne puisse pas l'interroger en reconnaissant sa photo dans le journal que Benita avait fui ? Peut-être…

J'ai attendu des jours, des mois. Rien. Benita ne revenait pas. Je me sentais totalement impuissante et, avertie des violences dont étaient menacées les communautés indigènes, je n'osais pas débarquer dans son village pour aller la chercher. Le centre continuait de fonctionner ; mais le projet des cours de tissage pour les étrangers était tombé à l'eau. D'autres enfants venaient apprendre et je me dépensais sans compter. Mais j'avais un chagrin tenace fiché au fond de mon cœur. J'avais échafaudé tant de rêves pour Benita, avec l'espoir de la rendre un peu plus autonome et de mettre en évidence ses dons créatifs. Ses fous rires, sa pudeur, son sourire me manquaient.

Plus j'en apprenais sur la situation politique du pays, plus mon angoisse augmentait. Que se passait-il autour de sa famille? Pourquoi n'envoyait-elle pas un message, quelque chose? Au centre, on avait compris l'amitié qui m'unissait à cette belle jeune fille craintive et on évitait de m'en parler. Je restais aux aguets, épiant la moindre nouvelle que laissaient échapper les jeunes qui vendaient le *tipico*[7] autour des quais.

Un jour, tandis que j'étais allée en visite à Antigua, quelqu'un – je ne sus jamais qui – déposa un paquet pour moi au centre.

Mélanie tend la boîte à Mariel en disant :
— Ouvre-la.

Mariel ouvre la boîte et déplie soigneusement le papier de soie. Elle découvre une pièce de tissu brodé de motifs resplendissants. Elle ne peut faire autrement que de s'exclamer :

---

7. Objets d'artisanat typiques.

— Que c'est beau!

Mélanie sort l'ouvrage et dévoile un corsage brodé, un *huipil* magnifique aux couleurs vives subtilement agencées. On y voit des oiseaux, des fleurs et des soleils, dans des tons fuchsia, turquoise et jaune d'un très bel effet. Mariel comprend tout à coup que cette pièce unique a été fabriquée par sa mère. Une vive émotion s'empare d'elle et des larmes lui montent aux yeux. Elle enfouit son visage dans le tissu rêche et respire une odeur subtile d'herbe sèche. Puis, dans les plis du papier de soie, elle remarque une note manuscrite dont elle s'empare, les mains tremblantes. On y voit un oiseau bleu comme dans les broderies du corsage et des mots tracés maladroitement:

No puedo venir[8].

Mariel se jette dans les bras de sa mère. Quelque chose de tangible, enfin, la met en présence d'une réalité qui lui avait toujours échappé. Elle a compris d'où vient le *huipil*; elle a compris qui a écrit les paroles sur le bout de papier. Elle tient enfin entre ses mains la clé de son appartenance. Mère et fille, toutes deux très émues, restent longtemps enlacées, sans dire un mot.

---

8. Je ne peux venir.

Plus tard, dans la soirée, Mélanie réussit à reprendre le fil de son récit. Mariel veut à tout prix que sa mère aille jusqu'au bout.

— Je ne me coucherai pas avant de tout savoir ! s'écrie-t-elle.

— J'attendais patiemment le retour de Benita, sans rien demander, sans rien savoir. Un espoir fou s'est installé en moi. De temps en temps, je regardais le magnifique *huipil,* que j'avais enveloppé soigneusement. Je n'osais pas le porter. Les jours ont passé. Puis, les semaines, les mois. Je me suis investie dans les cours d'alphabétisation donnés aux enfants. Nous avions compris qu'il n'était pas suffisant de montrer aux jeunes indigènes à lire et à écrire dans une langue qui, en fait, leur était étrangère. L'espagnol était, pour eux, une langue imposée. Alors, nous avons fait appel à des professeurs locaux qui aidaient nos élèves à lire et à écrire le *tzutujil,* le quiché ou le *cakchiquel*. Nous voulions ainsi valoriser leurs propres moyens d'expression, mais je reconnais que c'était difficile. Déjà, les jeunes adolescents indigènes, trop conscients du peu d'avenir que leur réservait leur situation, n'avaient qu'une envie : apprendre l'anglais et partir pour l'Amérique du Nord, cette vague contrée lointaine où tout, semblait-il, était facile. Quelle illusion ! Mais, au moins, pour ceux-là, un peu d'espoir pointait à l'horizon.

Doucement, je ressentis l'envie, amplifiée par la déception provoquée par la défection de Benita, de retourner chez moi, au Québec. Mais auparavant, je pris congé de Panajachel, du lac Atitlán tant aimé et de mes collègues du centre, pour entreprendre une tournée du pays que je connaissais assez peu. Pendant tout un mois, sac au dos, je parcourus différentes régions : je visitai des temples mayas, escaladai un volcan, découvris une grande ville, Quetzaltenango, en pays quiché, et une foule de petits villages cachés dans les montagnes. Un jour, dans un autobus brinquebalant et bondé, je fis la connaissance d'un jeune homme qui voyageait seul, lui aussi, à la découverte du Guatemala. Je l'avais cru Mexicain ou Hondurien à cause de son teint basané. Mais, à ma grande surprise, il venait de Laval. Il était d'origine péruvienne et il s'appelait... Julian Carlos !

— Papa !

— Oui, ton papa. Mais laisse-moi continuer à te raconter.

— C'est ton histoire d'amour ? Oh ! oui, raconte...

— Une autre fois, dit Mélanie en riant. Nous avons fait un bout de chemin ensemble. Quelle joie de retrouver un compatriote ! Même si, tout au long de l'année, des copines du cégep m'avaient rendu visite, j'avais besoin, en fin de parcours, de renouer avec des gens de chez nous, peut-être pour faire le point sur ce que j'avais vécu et confier mes doutes à quelqu'un. Justement, ce Julian Carlos a été formidable. Il ne parlait pas beaucoup et moi, comme si je n'attendais que lui pour articuler mon chagrin et mes doutes, j'ai déversé dans ses oreilles un résumé de mon année à Panajachel. Bien sûr, je lui ai communiqué ma tristesse à propos de Benita. Puis, nos chemins changeant de cap, nous avons échangé nos adresses et je suis rentrée à Pana, plus déterminée que jamais à mettre un terme à mon expérience guatémaltèque.

Cependant, avant de m'en aller, j'ai voulu en avoir le cœur net. J'ai décidé d'aller à Santa Catarina, malgré mes craintes, pour m'enquérir personnellement du sort de Benita.

— J'ai pris la *lancha*. Arrivée à destination, à Santa Catarina, je me suis arrêtée devant l'église, plutôt jolie. J'ai examiné le paysage, la place et, plus bas, le lac, omni-présent. Je me suis imprégnée des lieux. On me regardait. On m'observait. Mais j'avais l'habitude, maintenant. J'avais pris soin de me renseigner auprès de mes collègues avant de partir. Je savais où aller. J'essayais d'être la plus discrète possible mais en vain, on voulait me vendre des articles! J'empruntai le chemin qui montait vers le village. J'étais confiante de trouver la maison de Benita sans avoir à demander des directions à quiconque. Dans l'embrasure des maisons basses, aux portes grandes ouvertes, je voyais des per-sonnes qui me regardaient passer en silence. Tout à coup, j'ai eu le sentiment qu'on savait qui j'étais et où j'allais. Je continuais de marcher tout en surveillant certains repères. Je te l'ai expliqué déjà : il y avait là-bas une atmosphère de secret et de peur qui semblait faire partie du quotidien.

Sans me presser, mais le cœur serré, j'arrivai devant une habitation aux murs d'adobe[9] ou de pisé, et au toit de tôle ondulée. Devant l'entrée, un chien somnolait couché sur la terre battue. J'entendis des poules caqueter. Benita m'avait parlé de la petite chienne qu'elle aimait, Lupita. Et si c'était elle? Je risquai un œil à l'intérieur. La bête

---

9. Brique crue.

se réveilla et alerta ses maîtres qui sortirent de la maison. Sans avoir besoin de dire un seul mot, je sus que j'étais arrivée à destination.

Trois femmes se tenaient sur le seuil. Toutes trois étaient vêtues de ces *huipiles* brodés aux couleurs particulières. Elles me regardaient. Désignant la chienne, je demandai : « Lupita ? »

Les femmes me sourirent en faisant un signe de tête affirmatif. Elles me firent rentrer à l'intérieur, où je trouvai une autre femme plus âgée, l'*abuela,* la grand-mère. Celle-là tenait un bébé dans ses bras.

Mariel, je ne peux pas te dire l'émotion que j'ai éprouvée au milieu de ces gens. Je ne trouve pas les mots pour décrire mon bouleversement. J'étais dans ce pays depuis un an, mais c'était la première fois que je mettais les pieds dans une maison indigène. J'examinais tout : les sacs de maïs séché, le mobilier rudimentaire, les nattes sur le sol pour dormir… Contre le mur, il y avait des métiers traditionnels ainsi que des bobines de coton et de laine. Vu que les hommes n'étaient plus là, les pièces tissées étaient sans doute devenues le seul gagne-pain des femmes. Elles étaient silencieuses, la mère et les sœurs de Benita. Car c'étaient bien elles.

Même si je sentais une certaine réticence, je fus accueillie avec respect. Je pense que ces femmes savaient plein de choses que Benita leur avait racontées sur moi. Je me doutais bien que, pour elles, j'étais une parfaite étrangère et que je pouvais à peine communiquer dans leur langue. Notre seul lien, c'était Benita. Elle n'était pas là.

Lupita tournait autour de moi. On me fit asseoir et on m'offrit à boire. Le bébé, avec ses grands yeux noirs, enroulé dans un châle coloré comme je les aimais, lové dans les bras de l'*abuela,* me regardait. Je finis par demander :

— Benita ?

Après un long silence, la maman de Benita me regarda dans les yeux et elle me dit en espagnol :

— *Falleció.*

Elle jeta un coup d'œil au bébé. Les deux jeunes filles se rapprochèrent d'elle. J'avais bien entendu : *falleció.* Cela voulait dire morte. Décédée. Voyons ! Ce n'était pas possible ! Les indigènes, je le savais, mélangeaient souvent les mots en espagnol. Benita morte ! Elle voulait sans doute dire malade. Tout d'un coup, je regrettais de ne pas avoir appris plus de mots en *cakchiquel. Falleció ?* Morte ? Le mot «morte» ne voulait pas entrer dans mon cerveau. Tout en moi refusait ce vocable et ce qu'il signifiait. Devant moi, la maman de

Benita ouvrit les mains pour montrer son impuissance et elle baissa la tête. Le bébé dans les bras de la grand-mère se mit à pleurer. Les filles ne bougeaient pas.

Soudain, l'*abuela* se leva, donna le bébé pleurnichant à la mère et vint vers moi. Elle me saisit la main et me fit signe de la suivre. Trottinant avec peine, elle m'entraîna au dehors. Qu'est-ce qui se passait ? On ne voulait pas m'expliquer ? Ma présence ici exaspérait ces femmes ? On me chassait ? Je ne savais plus où j'en étais, je paniquais. L'*abuela* me tenait la main serrée. Elle me dirigea sur le chemin qui descendait vers le cœur du village. Là, l'*abuela* frappa à une étroite porte en bois derrière l'église. Un religieux nous accueillit.

C'est le curé qui me raconta toute l'histoire. Oui, Benita était morte, *falleció*. Le curé parlait bien l'espagnol. Il choisissait ses mots pour me dire l'impensable. Il parlait très bas. Il ne pouvait sans doute pas parler ouvertement. Comme ceux du village, lui aussi vivait dans l'inquiétude et la peur. Voici le peu que j'appris :

À cause de son père et de son frère, qu'on soupçonnait de sympathiser avec des guérilleros[10], ou tout simplement à cause d'une rivalité ancienne entre membres de familles voisines, Benita avait été kidnappée un soir près du lac avec deux autres filles. Des raids punitifs comme celui-là étaient fréquents. Séquestrées, interrogées, les trois filles avaient été gardées prisonnières dans un lieu secret, une cabane camouflée dans les bois. Bientôt, un autre groupe de jeunes vint les rejoindre. Des jours durant, ils subirent des interrogatoires, furent battus sauvagement et surveillés étroitement par des gens armés.

Un soir, l'un des détenus, Julio, un jeune de dix-sept ans, révéla que les geôliers l'avaient prévenu :

— Si tu ne parles pas demain, on va te torturer. Tu auras les doigts coupés… Tâche de te souvenir de ce qu'on veut savoir.

Julio avait annoncé à ses comparses qu'il allait se sauver durant la nuit. Tous les sept étaient terrorisés. Benita décida de le suivre.

Nous n'avons plus entendu parler d'eux. Au bout de plusieurs jours, quelques rescapés avaient fini par rentrer dans leurs villages. Ils avaient consenti à raconter les violences subies. Ils avaient révélé la fuite de Benita et

---

10. Francs-tireurs.

Julio sans pouvoir préciser les lieux qu'ils avaient choisis pour se cacher. Mais c'était peut-être une feinte.

Tout aurait pu s'arrêter là. Toutefois, des mois plus tard, on vit arriver dans une camionnette une Benita sale, amaigrie et fiévreuse. Elle ne parlait pas, mais elle pleurait beaucoup. Benita finit par recouvrer la santé. Très ébranlée par sa terrible aventure, elle n'avait qu'un seul nom à la bouche : Julio. Julio avait trouvé à manger ; Julio avait trouvé à boire. Julio avait la peau douce. Il fut aisé de comprendre que Benita était tombée amoureuse de son compagnon fugitif qui avait été assassiné sous ses yeux tandis qu'elle s'était cachée dans une grotte noire. Elle y était restée trois jours durant, sans manger.

Bientôt, on comprit que Benita était enceinte. Elle donna naissance à une petite fille, mais il y eut des complications et elle mourut en soupirant : *Julio mi amor*[11]. *Falleció.* Tout ça était vrai. Je devais l'accepter mais je n'en sus pas plus.

Même si, dès la première parole maladroite prononcée plus tôt, j'avais pressenti quelque malheur, je ne m'attendais pas à une nouvelle aussi brutale. Un chagrin immense

---

11. Julio, mon amour.

m'envahit toute entière et je pleurai toutes les larmes de mon corps.

Après, je restai longtemps dans la maison de Benita. Je portais dans mes bras cette enfant, une toute petite orpheline de quelques mois. Quelle serait sa vie ? En essayant de lui sourire à travers mes larmes, je tentais de me faire à l'idée que je ne reverrais jamais sa maman, ma douce amie Benita. Tu sais comment elle s'appelle, cette petite fille ?

— Mariel.

13

Quand tu seras prête

*M*élanie rentre au Québec. Elle se réadapte doucement aux réalités de son pays. Au début, elle est choquée par l'insouciance des gens. Elle voit soudain d'un autre œil la grande confiance dans la vie qui anime ses proches et ses concitoyens. Dans son milieu aisé, elle ne peut que constater à quel point l'ambiance quotidienne contraste avec celle que connaissent les indigènes qu'elle a côtoyés et les habitants du Guatemala en général. En somme, elle s'étonne tout simplement que le quotidien soit si simple. La précarité, l'inquiétude, la peur ne sont plus présentes. Elle constate aussi, en soupirant, l'écart gigantesque qui existe entre les attitudes des uns et des autres autant en ce qui a trait aux habitudes de consommation qu'en ce qui concerne les attentes face aux gens de pouvoir, qu'ils soient civils ou militaires. Une chose est certaine : Mélanie a appris le sens de l'autosuffisance et de la débrouillardise.

Mais on ne peut vivre dans le souvenir. Après quelques semaines, une fois ses premières réactions digérées, Mélanie se secoue et se met à la recherche d'un emploi, déterminée à ne pas se laisser gagner par la nostalgie et les regrets.

Il est certain que les mois vécus en Amérique centrale ont laissé des traces profondes en elle. Elle se sent un peu comme une enfant qui réapprend à marcher après un accident. Pourtant, la nuit, ses rêves la ramènent sur les bords du lac Atitlán. Elle revoit les volcans et surtout les visages de ces enfants qu'elle a tant voulu aider. A-t-elle réussi ? D'énormes doutes l'assaillent sans cesse.

Elle revoit aussi les couleurs des tissus empilés par milliers dans les marchés. Les coloris éclatants, les broderies si raffinées qui témoignent de la beauté du monde. Et, toujours, lui revient le visage de Benita. Benita la jolie au regard intense. Benita la douée. Benita, dont la jeunesse n'était faite que de gravité et de souffrance. Enfin, ce petit bébé, cette Mariel orpheline élevée par ses grands-mères, avec ses yeux immenses ouverts sur la vie. Mais sur quel avenir ?

Mélanie trouve un travail qui lui plaît. Elle reprend contact avec ses amis et, petit à petit, le cours de sa vie se stabilise. Elle déménage à Montréal. Parler espagnol lui manque cruellement. Un soir, en pleine tempête de neige, elle décide de faire une sortie folle avec Renée, son amie insé- parable. Elle a très envie de plonger, ne serait-ce que par la nourriture, dans un monde différent. Les deux copines décident donc de se dépayser dans un restaurant péruvien.

Le restaurant n'est pas plein. Au fond de la salle, une tablée de convives bruyants célèbre un anniversaire. Mélanie écoute les conversations en espagnol ponctuées d'éclats de voix et d'exclamations. Elle sourit tout en consultant le menu : chicharron de mariscos, choros a la chalaca[12]... *des mets qui la font saliver quand, tout à coup, elle entend :*

— Feliz compleaño ! Feliz compleaño [13] ! *Bon anniversaire, Julian Carlos !*

Julian Carlos ! Mélanie sursaute et jette un œil curieux à la table des fêtards.

---

12. Beignets de fruits de mer, moules marinées.
13. Bon anniversaire !

Elle reconnaît sans peine le jeune homme qu'elle a croisé il y a plusieurs mois dans un autobus bondé, au Guatemala. C'est lui qu'on fête, manifestement. À la grande surprise de Renée, qui sait que son amie est d'ordinaire assez réservée, Mélanie se lève et décide de se présenter son verre de chicha morada[14] *– une boisson typique – à la main, pour saluer le jeune homme. Elle lève son verre et dit :*

— Feliz compleaño *Julian Carlos !*

Celui-ci, interloqué, l'accueille avec effusion. Les deux filles se retrouvent aussitôt intégrées à la table de la famille péruvienne. Et c'est ainsi que se renouent les liens entre Mélanie et Julian Carlos Ruiz. Renée, intriguée, demande à son amie à voix basse :

— *Dis donc, où l'as-tu donc pêché, celui-là ?*

— *Au Guatemala, répond Mélanie, en riant devant la mine déroutée et un peu envieuse de sa compagne.*

Mariel ne pose même plus de questions à Mélanie au sujet de son histoire d'amour entre elle et Julian Carlos, son père. Maintenant qu'elle connaît le terrible destin de sa

---

14. Boisson à base de maïs.

mère maya, elle consulte tous les documents qu'elle peut trouver sur le Guatemala, en particulier sur la région du lac Atitlán. Elle a retiré de l'album de photos de sa mère un cliché un peu flou où sont photographiées ses grands-mères et ses tantes, devant la hutte de Santa Catarina Palopó. Elle l'a posé sur sa table de chevet et ne cesse de le regarder.

Mariel a beaucoup pleuré en apprenant les «choses terribles» dont lui avait parlé son père. Chaque jour, elle apprivoise un peu plus les éléments de son héritage. Mélanie laisse sa fille encaisser les dernières révélations qu'elle lui a faites. Avant de la quitter, un soir, elle lui dit :

— Quand tu seras prête, je te raconterai le reste.

Mariel, de son côté, réfléchit. Les questions qui trottent dans sa tête sont celles que tous les enfants adoptés se posent, un jour ou l'autre :

— Qui suis-je vraiment ? Quelle est ma véritable identité ? Suis-je Québécoise ou indigène du Guatemala ?

Mariel reprend la boîte. Elle regarde à nouveau le *huipil,* le touche, le sent. Enfin, elle le range pas trop loin, pour l'avoir sous la main en cas de besoin. Petit à petit, la tempête dans son cœur se calme.

En examinant le corsage tissé et brodé par sa mère naturelle, Mariel a tout à coup le sentiment qu'elle pourrait et qu'elle aurait du plaisir à en faire autant. Il lui faudrait, bien sûr, apprendre à se servir d'un métier. Est-ce possible ? Est-ce qu'il se pourrait que sa mère, Benita, en lui donnant la vie, lui ait transmis une habileté, un talent pour mettre ensemble des couleurs disparates et en faire une œuvre d'art ? Elle qui aime tant dessiner, peindre, bricoler, pourrait-elle essayer le tissage, pour voir ?

Mariel est soudain joyeuse et se sent apaisée. Un matin, elle tresse ses cheveux et revêt le *huipil* de Benita en cachette. Elle sait, car elle est bien renseignée sur le *traje indigena* – l'habillement indigène –, comment les femmes de là-bas le portent. Il lui manque le *corte* et la large ceinture, bien sûr. Mais, en se regardant dans le miroir, Mariel voit l'image d'une jolie Maya vêtue de ses atours traditionnels. Elle sourit et se trouve charmante. Sur son jean, le *huipil* lui va très bien. Fière de l'image que le miroir lui renvoie, elle s'écrie :

— Oui, je suis une vraie Maya Québécoise !

Elle se précipite hors de sa chambre et crie :

— Maman ! Viens voir !

Elle est accueillie par sa grand-mère Ruiz qui s'exclame :

— Que tu es belle, Mariel !

Mélanie ne peut qu'approuver. Mariel est très contente de se montrer dans ce costume. Elle a beaucoup d'affection pour cette grand-mère à qui elle se confie souvent. Elle lui dit :

— Grand-maman Angela, est-ce que tu savais que j'avais une autre grand-mère, une *abuela,* au Guatemala ?

— Oui, ma chérie, je le sais. Mais je suis sûre qu'elle ne t'aime pas autant que moi…

Mariel étouffe sa grand-mère sous les baisers.

14
Dire non
au malheur

Dans l'album de photos de la famille, Mariel se voit, toute petite, debout, ses cheveux noirs bien lisses, trottinant entre Mélanie et Julian Carlos. Un grand sourire éclaire son visage joufflu.

— J'avais quel âge ?

— Un an et demi à peu près. On était à Québec dans un parc. Je m'en souviens.

Mariel feuillette l'album et regarde les photos de Ludovic et de Manuela, tout petits. Ce que Mariel voudrait, c'est voir les photos d'avant. Des photos d'elle nourrisson au Guatemala. Elle sait bien que de telles photos n'existent pas. Mélanie le lui a répété cent fois. N'empêche, cela l'obsède car elle a beau essayer d'imaginer son allure avant d'arriver au Québec, elle n'y parvient pas.

Son père constate que Mariel, morose, tourne les pages en silence. Il comprend sa tristesse et lui dit :

— Mariel, je pense que tu as appris plein de choses sur ton pays d'origine, non ? Tu sais comment c'était chez toi, avant ?

— Pas vraiment. Il faudrait que j'aille voir.

— C'est une très bonne idée. On va y penser, annonce Julian Carlos en souriant.

Le soir, à l'heure du souper, Mélanie a décidé de finir l'histoire de Mariel. Elle profite du fait qu'ils sont tous réunis pour poursuivre son récit. Elle juge que Ludovic et Manuela doivent aussi entendre ce qu'elle a à dire.

— Quand Julian Carlos et moi nous sommes mariés, nous discutions souvent des pays où l'on parle espagnol et où nous aurions voulu habiter pour garder vivant l'héritage d'une autre langue, d'une autre culture. Même si papa est né ici, il conserve au fond de lui un amour du pays de ses grands-parents. Pour ma part, je revenais sans cesse à mes

114

souvenirs du Guatemala, aux images vibrantes que je gardais en mémoire. Des flashs de couleurs somptueuses avant tout, et, bien sûr, de ma protégée, Benita, dont le souvenir ne me quittait pas. En moi, il y avait cette tache lumineuse, la flamme de la petite Mariel, enfant du malheur, qui me torturait.

Ludovic et Manuela ne bronchent pas. Ils ne saisissent pas entièrement le sens des paroles de leur maman, mais, sachant que ses propos inhabituels sont graves, ils n'interviennent pas.

— Tout naturellement m'est venu le désir de savoir ce qu'elle était devenue. Mais comment me mettre en contact avec ces pauvres gens ? Qui pouvait me servir d'intermédiaire ? Et si j'allais la chercher ?

C'est Julian Carlos qui, le premier, a exprimé tout haut cette possibilité. Même si, enfoui dans mon cœur, il y avait ce désir secret d'adopter le bébé de Benita, je me disais que c'était peut-être une folie d'arracher un être à son milieu et à ses racines pour le mener vers une autre vie. Mais ton père m'a encouragée dans ma réflexion, et son propre désir s'est ajouté au mien. Finalement, je me suis convaincue moi-même : le but du geste irréversible que je voulais poser n'était pas tant d'arracher la petite fille à la misère – une misère que je connaissais bien –, mais de poursuivre une amitié interrompue de façon barbare par une mort insensée. Et aussi pour dire NON au malheur d'une vie sans issue comme celle de sa maman. Pis encore, j'avais saisi de façon intuitive, sans mots, sans exclamations, à quelle vie cette enfant, en raison des circonstances de sa naissance, était destinée.

Bref, les deux bras potelés de cette petite fille que j'avais cajolée de façon hésitante s'étaient transformés, dans mes rêveries, en deux bras tendus vers moi comme un appel silencieux. Cette petite, investie de tout son bagage culturel d'indigène maya, avait besoin de moi, cela était devenu subitement très clair dans ma tête.

Alors, d'un commun accord, nous avons mis en branle tout le processus d'adoption, qui est long et pénible. Les mois passaient et les démarches avançaient à pas de tortue. Puis, un jour, après bien des mois d'attente douloureuse, tout a été réglé et nous sommes partis tous les deux… te chercher, toi, Mariel, dans le lointain village des bords du lac Atitlán, à Santa Catarina Palopó. Malgré leur détresse, les grands-mères semblaient presque soulagées de te voir partir. Et je les comprenais.

— Cette petite fille, c'était toi, Mariel ? s'écrie soudain Manuela qui n'en peut plus de garder le silence.

Autour de la table, on rit de bon cœur. Et Mariel dit :

— Oui, c'était moi , Manuela. C'est moi que maman est allée chercher…

— Avec moi, interrompt Julian Carlos. On y est allés tous les deux.

— Et puis, c'est qui Benita ? demande Ludovic.

— Mon autre maman, répond Mariel.

— Tu as deux mamans ? s'enquiert Manuela, étonnée.

— Non, je n'en ai plus qu'une. Et c'est la même que la tienne, dit Mariel en enlaçant sa petite sœur et en la serrant très fort.

Manuela ne comprend pas trop ce qui se passe. Elle sent la tension émotive qui règne entre Mariel et ses parents. À la mesure de ce qu'elle a saisi de la conversation, elle demande :

— Est-ce que tu t'appelais Mariel… avant ?

C'est Julian Carlos qui répond :

— Mariel est ton vrai prénom. C'est celui que tu portais quand on est allés te chercher.

Mariel est contente de l'affirmation de son père. Savoir qu'elle porte le nom que lui a donné sa mère la réjouit. Pour elle, c'est comme ouvrir enfin une petite fenêtre sur son « autre vie ». Elle sourit. Mais ce n'est pas elle la plus émue à cette table. Mélanie est assaillie par une foule d'images surgissant de son passé dont celle du beau visage de Benita, son amie. Les larmes lui montent aux yeux juste en regardant Mariel. L'adolescente a le même regard intense et le même visage que Benita, sa mère naturelle. Mélanie constate que celle-ci lui a transmis dans ses gènes sa beauté et, aussi, les dons artistiques véritables qu'elle possédait. Plus elle regarde sa Mariel, plus elle en est certaine.

15

Double identité

En cette fin d'année scolaire, toutes les familles songent aux vacances. Mariel doit dire adieu à son école, à ses enseignants. Ses amis vont se disperser, les uns ayant choisi un collège éloigné, les autres une autre école secondaire. À la rentrée, Mariel va fréquenter l'école secondaire locale toute proche, mais elle sait qu'un épisode de sa vie va prendre fin. Elle qui a toujours besoin de liens forts se sent ballottée entre l'enfance et l'adolescence.

Mais elle est surtout préoccupée par ce qu'elle a appris sur ses origines. Elle tente d'imaginer sa mère grelottant de froid dans des abris précaires et réconfortée par son amoureux, Julio. Elle recrée aussi en imagination le village perché sur le flanc des montagnes entourant le lac et le *huipil* de couleurs vives qu'elle devait porter. À cause de tout ça, Mariel a acquis une plus grande maturité. Elle accepte sa dualité et, tout en se sachant privée de contacts significatifs avec sa famille naturelle, elle est infiniment rassurée par l'amour de sa famille adoptive. Sa mère est devenue plus que jamais sa grande complice. Ensemble, elles font des projets pour son anniversaire, bientôt. Un jour, celle-ci lui dit :

— Tes racines, il est vrai, sont dans ce pays d'Amérique centrale, loin d'ici ; mais ta vraie identité se définit par la langue que tu utilises, par le lieu où tu vis, par les liens que tu entretiens avec ta famille immédiate : nous, les Talbot-Ruiz. Tu as passé dix-huit mois dans ta terre natale et douze ans à nos côtés. Nous, tes parents, tes grands-parents, tes oncles, tes tantes, tes cousins, sommes ton appartenance. Les copains de ton école, les voisins aussi. Tu as deux mondes pour toi. Du sang maya dans les veines et, en plus, tout ce qu'un pays d'accueil peut te donner : langue, culture, habitudes. Et puis, l'amour de tes parents qui t'ont choisie… Ce n'est pas dramatique de changer d'identité ou d'en avoir deux. Ce qui l'est, par contre, c'est de ne pas avoir de possibilités d'avenir et de manquer d'amour.

Un dimanche, Mélanie propose de faire une «balade de filles», c'est-à-dire de partir ensemble, avec ses deux filles, faire une belle randonnée sur la piste cyclable le long du canal. Mariel et Manuela acceptent avec joie. Manuela, son casque protecteur bien en place, est installée dans son siège sur le vélo de sa maman. Les deux bicyclettes roulent côte à côte et, bientôt, Manuela s'endort. Mariel en profite pour converser avec sa mère :

— Au secondaire, crois-tu que je pourrais suivre les cours d'espagnol, maman ?

— Quelle bonne idée ! Si tu veux, on pourrait même commencer avant le début des cours. Tu sais que c'est la langue maternelle de papa. On pourrait te…

— Et moi, maman, c'est quoi, ma langue maternelle ?

— Ah ! pour toi, euh… c'est le *cakchiquel*. Tu ne seras pas surprise de savoir que ce n'est pas une langue qu'on enseigne ici…

— Je sais, je sais.

— L'espagnol est la langue du pays, au Guatemala. La langue des nantis, des affaires et de l'administration, mais pas celle des indigènes mayas. Si un jour tu y vas, tu ferais mieux de connaître l'espagnol…

Mariel ne répond pas.

Chacune sur son vélo, filant le nez dans le vent, Mariel et Mélanie ressassent leurs petites réflexions personnelles sans se parler. Toutes les deux, elles aiment rouler et sentir toute la liberté de profiter du beau temps, de côtoyer un paysage apaisant et d'être bien ensemble. Car elles sont très bien ensemble, mère et fille.

Comment faire pour aller voir de mes yeux à quoi ressemble le village de ma naissance? pense Mariel. *Je voudrais au moins voir le décor où j'ai vécu. Qui sait si mon* abuela *se souviendrait de moi? Je le sais bien qu'elle vit comme les pauvres, mais ça ne me fait pas peur. Il me manque les odeurs, les visages, l'aspect des maisons, les chemins, la végétation.*

Mariel a compris instinctivement qu'un pays ne se résume pas à un album de photos ni à des souvenirs. Maintenant qu'elle en connaît un peu, il lui en faut davantage.

De son côté, étonnée de la question de sa fille sur l'apprentissage de l'espagnol, Mélanie se doute bien que Mariel repasse mille questions dans sa tête au sujet sa naissance. *C'est normal,* songe-t-elle en se plongeant dans ses réflexions. *Elle se posera des questions toute sa vie, sûrement. Il est bon d'aller vers d'autres lieux, d'autres cultures, pour grandir, comme je l'ai fait moi-même. Pour Mariel, ce geste revêtirait une importance capitale. Je le sais bien.*

Attendons de voir si elle en parle la pre-
mière. Je serais bien d'accord pour partir
demain ! Mais voyager à cinq, ce n'est pas
donné ! Le Guatemala, ce n'est pas la porte
à côté. Faudra que j'en parle à Julian
Carlos. L'an prochain, peut-être ? Elle aura
quatorze ans. Hummmm.

— Tu as décidé de ce que tu voudrais faire pour ta fête, Mariel ? demande Mélanie en rapprochant son vélo de celui de sa fille.

— Ah ! maman, tu vas me trouver complètement folle…

— Mais non, pourquoi ? Dis-moi ce qui te ferait plaisir.

— Tu veux vraiment savoir ?

— Oui.

— Alors… je voudrais… aller au Guatemala, à Santa Catarina Palopó, voir…

16
Les grands-mères

Une nouvelle vient semer l'émoi dans la famille : grand-papa Ruiz a une jambe dans le plâtre ! Il s'est fracturé un os en trébuchant dans un escalier, et le voilà plus ou moins sédentaire pour un mois et peut-être plus. Sa femme, Angela, est devenue son chauffeur. Cela ne l'arrange pas trop car c'est une femme active. Ses petits-enfants l'adorent et l'accaparent beaucoup.

Elle a souvent raconté à Mariel ses premières années au Québec. La grand-mère et la petite-fille se sont souvent amusées à comparer les quolibets dont elles ont été victimes à l'école.

— Tu n'étais même pas adoptée ! s'écriait Mariel.

— Mais j'étais immigrante ! Parfois, tu sais, on dirait que c'est pareil. Quand on a des cheveux noirs comme moi…

— Comme moi !

Depuis sa retraite, Angela consacre ses journées au bénévolat dans un hôpital pour enfants. Grâce à elle, Mariel a compris combien il faut de temps pour apprivoiser un nouveau milieu et s'y intégrer sans douleur. Aujourd'hui, sa grand-mère est pour elle un modèle : Angela a gardé toutes les richesses de sa culture et les a jumelées à tout ce qui définit la vie d'ici. Malgré l'accident de son mari, Carlos, cette femme active conserve sa bonne humeur. Depuis sa retraite, Angela n'a jamais été aussi occupée.

Ce dimanche, grand-père, en béquilles, et grand-maman Angela viennent en visite à Chambly. Les enfants sont ravis sauf Ludovic, qui regrette de ne pouvoir jouer au soccer avec son grand-père, à cause de son plâtre.

Mariel, Ludovic et Manuela accueillent leur grand-père avec une certaine gêne. Ils n'ont pas l'habitude de le voir ainsi, obligé de rester assis. Mariel propose :

— Grand-papa, tu veux que je fasse des beaux dessins sur ton plâtre ?

— Il y en a déjà ! dit le grand-père. Mais vous pouvez en ajouter d'autres !

Aussitôt, les jeunes se mettent à l'œuvre. Le plâtre de grand-papa Carlos est bientôt rempli de cœurs rouges et d'arcs-en-ciel.

Plus tard, à l'heure du repas, grand-maman Angela relate sa rencontre avec un petit patient salvadorien.

— Il s'appellait Lucas. Il avait six ans. Il était adorable mais très malade. Il devait suivre toutes sortes de traitements et sa famille ne pouvait pas être constamment à son chevet. Alors, pauvre chou : il pleurait, il pleurait. Ses sanglots me serraient le cœur.

Pendant plusieurs semaines, je l'ai réconforté du mieux que j'ai pu. Je lui ai parlé dans sa langue maternelle, en espagnol. Il me regardait avec ses grands yeux. Je ne suis pas certaine qu'il comprenait tout ce que je lui disais, mais dès que j'étais près de lui, il séchait ses larmes. Mon allure, mes gestes, le son de ma voix devaient sûrement lui sembler familiers. Je suis devenue sa maman de substitution. Il me réclamait sans arrêt auprès des infirmières. J'ai rencontré son père et sa mère, qui vivent ici depuis trois ans et se débrouillent assez bien.

Un jour, j'ai raconté à Lucas un vieux conte du Pérou, le même que je vous ai raconté, *Le soleil et la lune*.

— Grand-maman, raconte-le encore ! insiste Manuela.

— Après le souper ! Je n'ai pas fini... Lucas aimait tellement écouter cette histoire que j'ai dû la lui raconter vingt fois.

— C'est où, le Salvador ? demande Mariel.

— C'est à côté du Guatemala, en Amérique centrale, répond grand-papa. Un tout petit pays pauvre…

— Ah ! dit Mariel en redoublant d'attention.

— Lucas est rentré chez lui maintenant. Il n'est pas totalement guéri mais il va mieux. J'ai gardé le contact avec sa famille. De temps en temps je retourne les voir. Et voilà qu'il se passe une chose pas ordinaire ! déclare Angela avant de poursuivre son récit en adoptant les intonations d'un conte de fée. Au Salvador, Lucas a une grand-mère âgée qui ne l'a pas vu depuis que la famille est partie. Elle réclame son petit-fils, mais les parents n'ont pas les moyens de faire le voyage. Carlos et moi avons proposé d'amener Lucas voir sa grand-mère au Salvador pendant les vacances. Les parents ont accepté. Et Lucas est tellement excité qu'il me téléphone trois fois par semaine pour me demander quand on part ! Nous avons déjà acheté les billets, mais l'accident de grand-papa a tout compromis. Je n'ose pas imaginer la peine du petit et, surtout, de sa grand-mère. Impossible de la faire venir, parce qu'elle a trop peur des avions. Moi aussi, je suis déçue : je me faisais une joie de découvrir ce pays.

Autour de la table un silence s'installe. Chacun, pour des raisons différentes, pense à la situation qu'Angela vient de décrire. Soudain, la grand-mère regarde sa petite-fille et dit, en posant une enveloppe sur la table :

— Mariel, veux-tu venir avec moi au Salvador pour amener Lucas chez sa grand-mère ?

Le premier moment de stupeur passé, le cœur de Mariel se met à battre furieusement. Elle a bien entendu que le Salvador est voisin du Guatemala. Elle lance un coup d'œil à Mélanie et soudain, tout le monde se met à parler en même temps. Une fois le silence revenu, grand-maman Angela sourit et annonce avec le plus grand calme :

— Je ferais bien un petit détour par le Guatemala, puisque ce n'est pas très loin. Qu'en penses-tu, Mariel ?

Un jour, peut-être, Mariel saura si la proposition de sa grand-mère avait été concoctée à son insu par ses parents. Mais peu importe ! Mariel ne peut retenir sa joie. Elle n'hésite pas un seul instant et s'exclame :

— Ah ! grand-maman, c'est sûr que je veux t'accompagner ! Quand est-ce qu'on part ?

À la fin du repas, c'est Julian Carlos qui a le dernier mot. Il s'écrie :

— Qu'est-ce qu'on deviendrait si les grands-mères n'existaient pas !

FIN

Le soleil et la lune,
conte du Pérou ancien
(le préféré de Lucas)

Jadis, il n'y avait ni soleil ni lune dans le ciel. Seules les étoiles, grandes et lumineuses, éclairaient en permanence la terre. Les gens vivaient comme des frères et sœurs, ils s'entraidaient et partageaient ce qu'ils possédaient. Heureux et contents, ils vécurent ainsi pendant plusieurs milliers d'années.

Mais un jour, les habitants de la terre commencèrent à devenir cupides. Celui qui était riche garda sa richesse pour lui tout seul, celui qui possédait un jardin l'entoura d'un grand mur et celui qui était propriétaire d'une maison la ferma à clé. Les étoiles en étaient tout attristées. Elles commencèrent à se retirer de la terre. Il faisait de plus en plus noir. La peur envahit le cœur des hommes. Les plantes ne voulurent plus pousser et les animaux apprivoisés cessèrent de se reproduire. Les animaux sauvages se cachèrent. De ce fait, les chasseurs ne trouvèrent plus de gibier. La faim et la misère se mirent à régner partout.

Les gens demandèrent alors conseil à une vieille femme pleine de sagesse :

— Que pouvons-nous faire pour qu'il fasse de nouveau clair et que nous ayons de quoi manger ?

La femme répondit :

— Il faut trouver quelqu'un dont le cœur soit tellement rempli d'amour qu'il acceptera de donner sa vie pour les autres. Lorsque vous aurez trouvé cette personne, envoyez-la chez moi.

Alors la tristesse et la peur augmentèrent. Les gens se sentaient perdus car ils ignoraient ce qu'était l'amour. Comment trouver quelqu'un avec tant d'amour ?

Dans une cabane isolée près de la mer vivaient un pêcheur et sa femme. Ils étaient heureux puisqu'ils s'aimaient. Informé de la grande misère du monde et de la détresse des hommes, le pêcheur déclara à sa femme :

— Nous devons les aider. Nous sommes peut-être les seuls à pouvoir le faire parce que nous nous aimons.

Il alla donc trouver la vieille femme et lui dit :

— Je suis prêt à faire tout ce que tu me diras.

La vieille femme s'assit près du feu, le pêcheur fit de même. Elle lui tendit un énorme bouclier et lui répondit :

— Tu dois aller jusqu'au bout du monde et de là, sauter sur l'étoile la plus proche, puis sur la suivante et ainsi de suite jusqu'à la dernière. Sur chaque étoile tu devras ramasser la première pierre que tu verras et la fixer à ton bouclier. Quand celui-ci sera complètement recouvert de pierres, tu devras le lever. Il donnera alors de la lumière aux habitants de cette terre.

Le pêcheur s'en alla jusqu'au bout du monde. Mais arrivé là, il perdit courage car l'étoile la plus proche lui semblait tellement éloignée qu'il lui paraissait impossible de l'atteindre. Il pensa à sa femme qu'il aimait et soudainement il se sentit emporté. C'est ainsi qu'il vola d'une étoile à l'autre, fixant chaque fois une pierre à son bouclier. Lorsque celui-ci fut entièrement recouvert de pierres, il le leva et aussitôt le bouclier se mit à briller. C'est ainsi que le soleil apparut dans le ciel.

Le pêcheur ne se lassait pas de tenir le disque de feu bien levé : il se réjouissait de voir que les hommes étaient à nouveau heureux.

Un jour cependant, alors qu'il se trouvait juste au-dessus de sa maison, il vit que sa femme était triste. Alors il prit son cœur et le lui lança. Celui-ci resta suspendu dans le ciel et se mit aussitôt à briller. Il devint la lune. La femme vit le nouvel astre et comprit le signe. Elle pleura de joie et pleura tant et tant que ses larmes devinrent un fleuve qui se dirigea vers la mer. Alors le pêcheur baissa son bouclier un instant afin que la lune reste seule dans le ciel obscur et puisse se refléter dans l'eau. Là, les deux époux étaient à nouveau réunis.

C'est depuis ce temps-là que le jour et la nuit existent. Et chaque fois que la lune se reflète dans la mer et que le fleuve capte ce reflet, le pêcheur et sa femme sont enfin réunis pour un court un instant.

Les lieux et l'époque

1. L'héroïne du livre que vous venez de lire est originaire du Guatemala.

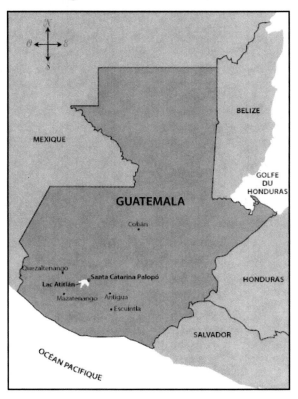

DONNÉES GÉNÉRALES

Parmi ses 13 millions d'habitants, le Guatemala compte la plus grande concentration d'autochtones en Amérique centrale[1]. Vingt-trois groupes ethnoculturels y vivent et chacun se distingue par sa langue, sa culture et ses traditions. D'ailleurs, les riches tissages avec lesquels sont confectionnés le *corte* et le *huipil*[2] permettent de différencier chacun de ces groupes[3]. Ces vêtements sont de véritables chefs-d'œuvre ambulants, bien que leur port soit peu valorisé et même méprisé par certains non-autochtones. Dépendamment de la complexité de ses motifs, il faut des semaines ou des mois pour tisser un *huipil*. Cet art perdure malgré tout ; il s'agit d'une tradition ancestrale qui se transmet de mère en fille maya.

Par ailleurs, le Guatemala est un pays de contrastes où se côtoient deux réalités : celle du monde rural où règne la pauvreté et celle du monde urbain où règne l'opulence. En effet, dans les terres

1. De 50 % à 65 % des habitants du Guatemala sont d'origine autochtone selon les sources et les critères d'identification retenus.
2. Jupe et blouse traditionnelles portées par les femmes mayas.
3. Les couleurs, les motifs et le type de tissages sont des éléments distinctifs.

et campagnes du Guatemala, hommes, femmes et enfants autochtones travaillent durement pour subsister. Ceux qui ont la chance de posséder une terre la cultivent avec des outils rudimentaires et vivent dans un univers dépourvu des commodités de base comme l'eau courante et l'électricité. L'homme et la femme y jouent des rôles plus traditionnels.

En milieu urbain, les choses diffèrent énormément. Les infrastructures et services offerts dans les grandes villes du Guatemala sont comparables à ceux des cités d'Amérique du Nord. Les centres commerciaux et les boutiques huppées abondent dans la capitale, Guatemala Ciudad. Les *Ladinos,* les métis d'origine à la fois européenne et autochtone, y possèdent un pouvoir d'achat considérable. D'ailleurs, le Guatemala est l'un des pays d'Amérique détenant le plus grand nombre d'avions et d'hélicoptères privés *per capita*[4].

Économie

L'économie du Guatemala est la plus riche de l'Amérique centrale et représente

---

4. *Per capita* : revenu par tête calculé à partir du revenu national brut pour une année divisé par le nombre total d'habitants, ceci pour une région ou un pays donné.

environ un tiers de son PIB. Il n'en reste pas moins que plus des trois quarts de la population vivent sous le seuil de la pauvreté et 40 % de la population vit avec moins de 2 $US par jour. Bref, la distribution de la richesse est inégale et il y a beaucoup de disparités entre les niveaux de vie des habitants. Enfin, encore aujourd'hui, une grande partie de l'économie repose sur les produits venant de l'agriculture, comme le café, le sucre et la banane.

Population

La population guatémaltèque est très jeune, avec 40 % d'habitants âgés de moins de 14 ans. À titre comparatif, au Canada, ce même groupe d'âge représente seulement 17 % de la population.

Religion

Dans la culture guatémaltèque, la religion joue un rôle important. De nombreuses fêtes religieuses, s'accompagnant de multiples processions, ponctuent la vie quotidienne des Guatémaltèques. Chaque ville, village et département possède sa fête patronale associée à un saint de l'Église catholique[5]. Officiellement, la principale religion est le catholicisme mais, en réalité, et surtout en région rurale, certains rituels mayas sont encore pratiqués. Par ailleurs, on observe une multiplication des églises évangéliques.

Langue

La langue officielle est l'espagnol, même si ce ne sont pas tous les Guatémaltèques qui le parlent. En effet, pour plusieurs, surtout les Mayas, l'espagnol n'est qu'une langue seconde, celle du conquérant. Aussi, on compte encore 21 langues mayas parlées dont le quiché, le mam, le cakchiquel et le kekchi qui sont les plus courantes.

Les Mayas et les autres groupes autochtones

Les autochtones vivent surtout dans les régions montagneuses du pays. Ils y perpétuent un mode de vie axé sur la tradition, l'agriculture et l'artisanat. Malheureusement, les autochtones sont souvent victimes de discrimination. Ce triste phénomène touche particulièrement les femmes qui pour la plupart sont très pauvres et analphabètes. Inévitablement, les mauvaises conditions de vie des femmes ont

---

5. Par exemple, la fête patronale de Guatemala Ciudad est associée au jour de la Vierge de l'Assomption.

des conséquences sur leur santé et sur celle de leurs enfants.

Parmi les autochtones, mis à part les groupes d'origine maya, on trouve également des *Garifunas*[6] et des *Xincas*[7]. De façon générale, les Guatémaltèques se désignent fièrement «*Chapin*», une expression communément utilisée pour identifier leurs sentiments d'appartenance à leur identité guatémaltèque.

2. Le récit que vous venez de lire se déroule par moments en Amérique latine. Voici un aperçu de l'histoire de cette partie du monde.

1492	Christophe Colomb découvre l'Amérique.
1500	Conquête du Brésil par Cabral.
1519	Conquête du Mexique par Cortez.
1524	Conquête du Guatemala par Pedro de Alvarado.
1532	Conquête du Pérou par Francisco Pizarro.
1542	Formation de la capitainerie générale du Guatemala, sous l'autorité du vice-roi du Mexique.

6. Les *Garifunas* vivent en majorité sur la côte de l'Atlantique (département d'Izabal). Ils sont des descendants d'esclaves africains venus des Antilles et représentent environ 2 % de la population guatémaltèque.
7. Le peuple des *Xincas* est presque entièrement disparu.

1810	Début des guerres d'indépendance des colonies de l'Espagne.
1811	Proclamation de l'indépendance du Paraguay.
1816	Proclamation de l'indépendance de l'Argentine.
1818	Proclamation de l'indépendance du Chili.
1821	Proclamation de l'indépendance du Guatemala. Le pays est intégré à l'Empire mexicain d'Iturbide. Le Texas, qui relevait de la Nouvelle-Espagne, devient indépendant avec le Mexique.
1822	Proclamation de l'indépendance du Brésil.
1823	Le Guatemala retrouve son autonomie et forme les Provinces-Unies d'Amérique centrale avec le Honduras, le Salvador, le Nicaragua et le Costa Rica.
1829	Guerre entre la Colombie et le Pérou.
1836	Le Texas, colonisé par des Américains, devient indépendant du Mexique.
1839	Les Provinces-Unies d'Amérique centrale se disloquent à la suite d'une révolte menée par le Guatémaltèque Rafael Carrera.
1845	Le Texas est annexé aux États-Unis.

1848	Le Mexique concède aux États-Unis la Californie, l'Arizona et le Nouveau-Mexique.
1854	Rafael Carrera est nommé président à vie du Guatemala.
1858	Au Mexique, Benito Juarez est le premier président élu d'origine autochtone.
1861	Guerre de Sécession aux États-Unis (elle durera jusqu'en 1865).
1871	Révolution libérale menée par Justo Barrios au Guatemala.
1873-1885	Sous la présidence de Justo Barrios, le Guatemala développe son économie.
1879	Début de la guerre du Pacifique pour la région côtière d'Atacama entre le Chili, le Pérou et la Bolivie. Les nouvelles frontières des nations indépendantes ne sont pas claires, ce qui provoque plusieurs guerres durant de nombreuses années.
1865	Guerre de cinq ans entre le Paraguay, l'Argentine et le Brésil.
1898	Cuba et Puerto Rico deviennent indépendants. Au Guatemala, le dictateur Manuel Estrada Cabrera ouvre le pays aux intérêts étrangers. Durant les deux décennies qui suivront, la United Fruit Company, dirigée par des Américains, se constituera un véritable empire dans ce pays.

1900	Période de consolidation suivant l'indépendance des colonies.
1910	Au Mexique, les paysans indiens et métis, sous l'autorité de rebelles tel Pancho Villa, s'unissent et se révoltent pour la redistribution des terres.
1914	Inauguration du canal de Panamá. Début de la Première Guerre mondiale.
1918	Fin de la Première Guerre mondiale.
1931	Jorge Ubico devient président (dictateur) du Guatemala et succède à Cabrera. Tout comme son prédécesseur, Ubico laisse la United Fruit Company prendre possession du Guatemala en volant les terres des autochtones.
1933	Prise de pouvoir du dictateur Fulgencio Batista à Cuba.
1936	Guerre civile espagnole (elle durera jusqu'en 1939).
1944	Au Guatemala, renversement du dictateur Jorge Ubico. Juan José Arévalo lui succède. Retour de la démocratie.
1945	Adoption d'un nouveau code et réforme agraire du gouvernement guatémaltèque Arévalo.
1945	Les Américains lancent des bombes atomiques sur Hiroshima et Nagasaki. Fin de la Seconde Guerre mondiale.

1946	En Argentine, série de putschs militaires donnant le pouvoir à Juan Perón.
1949	Début de la guerre froide.
1951	Le colonel Jacobo Arbenz est élu à la présidence du Guatemala. Il poursuit la politique progressiste d'Arévalo.
1954	Au Guatemala, avec l'aide de la CIA, Carlos Castillo Armas renverse le président Arbenz. Armas prend le pouvoir jusqu'en 1957.
1956	Début de la rébellion soutenue par Fidel Castro contre le président Batista.
1957	Au Guatemala, le colonel Ydigora Fuentes succède à Armas.
1959	Prise de pouvoir de Cuba par Fidel Castro, chassant Batista de sa position.
1960	Début de la guerre civile au Guatemala. La guérilla rurale s'oppose au pouvoir qui appartient à l'armée. Création d'une zone de libre-échange entre le Mexique, le Chili, l'Argentine, le Pérou, le Paraguay et l'Uruguay.
1962	Crise des missiles de Cuba.
1973	Coup d'État chilien renversant Salvador Allende.
1976	Tremblement de terre au Guatemala : 22 000 victimes. Un million de Guatémaltèques sont sans abri.

1978	Répression en Argentine contre les opposants du régime du dictateur Videla.
1980	Récession économique internationale.
1982	Guerre des Malouines entre l'Argentine et la Grande-Bretagne.
1985	Tremblement de terre causant plus de 10 000 morts au Mexique. Une éruption volcanique fait 25 000 morts en Colombie.
1989	Chute du mur de Berlin.
1992	Le prix Nobel de la paix est donné à Mme Rigoberta Menchú Tum.
1996	Le Guatemala signe des accords de paix et la guerre civile prend fin. Elle aura duré 36 ans.
2005	Élection de Evo Morales à la présidence de la Bolivie, en décembre. Il est le premier autochtone à atteindre la plus haute fonction de l'État dans ce pays.
2006	Élection de Michelle Bachelet, première femme élue au Chili.
2007	Au Guatemala, Rigoberta Menchú est candidate à l'élection présidentielle.
2007	Élection présidentielle au Guatemala : Álvaro Colom du parti UNE est élu.

Compréhension de texte

1. Quelle aptitude «hors du commun» possède Mariel?

   A. La bosse des mathématiques.
   B. L'intuition.
   C. Le sens artistique.
   D. Le sens des affaires.

2. Pourquoi Mariel est-elle différente physiquement des deux autres enfants de la famille?

   A. Parce qu'elle a hérité des gènes de ses arrière-grands-parents venant du Pérou.
   B. Parce qu'elle ressemble davantage à son père.
   C. Parce qu'elle est adoptée.
   D. Parce qu'elle ressemble davantage à sa mère.

3. En langue crie, *Oujé-Bougoumou* signifie:

   A. Lieu d'apprentissage.
   B. Lieu de rendez-vous.
   C. Lieu d'échange.
   D. Lieu de culture et d'échange cri.

4. Comment se nomme le lac qui borde le village de Paula Meskino?

   A. Lac à la Truite.
   B. Lac Opemiska.
   C. Lac Pimbina.
   D. Lac Kazabazua.

5. Comment se nomment certains indigènes du Guatemala?

   A. Les Aztèques.
   B. Les Mayas.

C. Les Incas.

D. Les Iroquois.

6. Lorsqu'elle était jeune, la mère de Mariel a voyagé et travaillé dans quel pays ?

A. Le Pérou.

B. Le Chili.

C. La Bolivie.

D. Le Guatemala.

7. Lors de son voyage, Mélanie s'est liée d'amitié avec une femme indigène, quel était son nom ?

A. Pocanta.

B. Rosa.

C. Maria Túm.

D. Mina.

8. Les habitants mayas de Santa Catarina Palopó parlent quelle langue dans le récit ?

A. L'espagnol.

B. Le mam.

C. Le cakchiquel.

D. Le kekchi.

9. Que sont le *huipil* et le *corte* ?

A. Des vêtements traditionnels portés par les femmes indigènes.

B. Des plats typiques préparés par les femmes mayas.

C. Des terres agricoles.

D. Des colliers et des bracelets.

10. Comment se nomme la monnaie nationale du Guatemala ?

A. Le quetzal.
B. Le peso.
C. Le dollar.
D. Le sol.

11. Qui est Benita ?

A. La cousine de Mariel.
B. La mère biologique de Mariel.
C. La directrice de l'atelier de tissage.
D. Une bénévole de l'atelier de tissage.

12. De quel objet ayant appartenu à sa mère Mariel hérite-t-elle ?

A. Une photo de sa mère.
B. Un corsage brodé.
C. Un collier de jade.
D. Une lettre pour elle écrite par sa mère.

13. Dans quelle ville Mélanie rencontre-t-elle pour la première fois Juan Carlos, le père adoptif de Mariel ?

A. Panajachel.
B. Santa Catarina *Palopó*.
C. Montréal.
D. Quetzaltenango.

14. Avec qui Mariel ira-t-elle visiter le Guatemala ?

A. Avec son père.
B. Avec toute sa famille.
C. Avec sa grand-mère.
D. Avec son grand-père.

L'histoire continue...

Pour mieux comprendre les revendications actuelles des autochtones, on doit se pencher sur leur histoire et sur celle du Guatemala.

Deux mille ans avant notre ère, les Mayas vivaient en sociétés organisées et peuplaient les territoires de l'Amérique centrale et du Mexique, à l'exception du Nicaragua, du Costa Rica et du Panamá[8]. Les Mayas vivaient dans des cités et maîtrisaient l'astronomie, l'écriture hiéroglyphique, la céramique, le tissage, le travail de l'or et de l'argent ainsi que l'architecture. Les temples et pyramides, tels que Tikal, Quirigua, Copán, Yaxha et Abaj Takalik[9], sont des vestiges de cette culture. Les civilisations mayas ont ainsi vécu jusqu'au XVe siècle. Puis, les cités ont été abandonnées, probablement à cause de l'épuisement des ressources naturelles.

Au début du XVIe siècle, les Espagnols conquirent la région afin d'agrandir leur territoire, d'évangéliser les populations autochtones et, surtout, de trouver de l'or. En 1524, Pedro de Alvarado occupait de vastes terres au Guatemala et il affronta

---

8. Les Mayas vivent sur le territoire du Mexique, du Guatemala, du Salvador, du Honduras et du Belize.
9. Sites archéologiques mayas situés au Guatemala et au Honduras.

différents groupes mayas dont les Quichés, les Cakchiquels, les Mams, les Tzutuhils et les Pipils. Les autochtones furent massacrés. Certains Mayas qui survécurent choisirent alors de s'installer dans les *encomiendas*[10].

Toutefois, plusieurs refusèrent de se soumettre et retournèrent vivre dans les montagnes, selon leurs traditions. Ainsi débuta la longue lutte des groupes autochtones au Guatemala pour la reconnaissance de leurs droits culturels et territoriaux. Malheureusement, les sociétés autochtones, au contact des colons espagnols, souffrirent d'un important déclin démographique[11].

Le Guatemala devint indépendant le 15 septembre 1821. Toutefois, dès 1870, le pays fut livré en pâture aux grands propriétaires terriens exportant des fruits, du sucre et du café. Ainsi, en 1871, le président Justo Ruffino Barrios confisqua les terres[12] des communautés autochtones au nom du progrès

---

10. Système de tutelle où l'on confisque les terres des autochtones et où l'on oblige ceux-ci à travailler dans des fermes, au service des colonisateurs.

11. Les maladies transportées par les Européens causent des épidémies chez les Mayas. La guerre et les famines sont également à l'origine de ce déclin démographique.

12. Entre 1871 et 1883, le gouvernement de Barrios revend à des cultivateurs de café 370 000 hectares de «terres publiques», situées dans les zones les plus riches et productives du pays.

national et créa une nouvelle loi du travail forcé qui assura aux propriétaires de plantations une main-d'œuvre bon marché et abondante.

Au début du XIXᵉ siècle, les Américains interférèrent dans les affaires économiques et politiques du pays. Le Guatemala octroya alors à la compagnie américaine United Fruit Company un vaste territoire pour planter des bananiers. Encore une fois, l'histoire se répéta et les autochtones furent dépossédés de leurs terres. Comme si ce n'était pas suffisant, une loi contre le vagabondage fut adoptée. Ainsi, les autochtones expropriés de leurs terres furent déclarés «errants» et on les contraignit à travailler sur les plantations.

Un vent d'espoir finit par souffler sur le pays entre 1944 et 1954, sous le gouvernement d'Arévalo (1945) et celui de son successeur, Arbenz (1952). En 1952, une loi sur la Réforme Agraire fut adoptée dans le but de redistribuer les terres des grands propriétaires terriens aux paysans les plus démunis. Cependant, les compagnies américaines qui avaient d'importants intérêts au pays planifièrent un coup d'État avec l'appui de la CIA. Le gouvernement d'Arbenz fut donc défait et remplacé par un gouvernement militaire qui élimina les lois favorisant les plus pauvres.

Par la suite, les années 1960 et 1970 furent marquées par une répression qualifiée de «ciblée». C'est-à-dire que les activistes et les dirigeants de l'opposition, ou tous ceux que l'on croyait appartenir à un mouvement de gauche, furent éliminés. Face à ces répressions, la guérilla s'organisa. Les rebelles luttèrent contre la distribution inéquitable des richesses et contre le gouvernement militaire au service d'une minorité. Ils quittèrent la ville pour se réfugier dans les montagnes et y structurer leur mouvement. C'est ainsi que certains membres de la guérilla se rapprochèrent des autochtones et cherchèrent à les convaincre de joindre leurs rangs.

La violence se poursuivit longtemps. Certaines communautés autochtones décidèrent alors d'appuyer la guérilla et se joignirent au mouvement de la lutte armée. C'est ce qui provoqua, notamment au début des années 1980, la création du Comité d'Unité Paysanne (CUC), la première organisation syndicale dirigée par des Mayas luttant pour la réappropriation des terres qui leur ont été enlevées depuis le début de la colonisation.

Les années 1980 furent des années noires. Rios Montt dirigeait alors le Guatemala. Entre autres, ce dernier développa la *politique de la terre brûlée,* une stratégie militaire qui permit de raser plus de 450 villages. L'armée s'en prend particulièrement aux communautés autochtones soupçonnées d'être trop sympathiques aux rebelles. Les Mayas furent les principales victimes de ces massacres. Les disparitions, tortures, meurtres collectifs, enlèvements et viols se multiplièrent. L'armée et les rebelles semèrent la terreur chez les autochtones. Les Mayas furent coincés entre deux feux. De plus, les Patrouilles d'auto-défense civiles (PAC), instaurées par Rios Montt, recrutèrent de force des villageois afin de combattre la guérilla. Pour reprendre les propres mots de Rios Montt : «À l'aide de fusils et de haricots, si vous êtes avec nous, nous vous nourrirons ; sinon, nous vous tuerons[13]. »

La paix ne revint que durant les années 1990. Le 29 décembre 1996 furent signés les accords de paix qui mirent fin à 36 ans de guerre. Selon la Commission d'éclaircissement historique, une commission issue du processus de paix, l'État aurait commis entre 1978 et 1985 des actes de génocide envers certains groupes mayas. En effet, les victimes de la répression étaient des Mayas dans une proportion atteignant les 83 %.

---

13. Mai 1982, discours de Rios Montt devant des Guaté-maltèques mayas.

Après la signature des accords de paix, sous le gouvernement social-démocrate d'Álvaro Arzu, l'État fut restructuré afin de diminuer le pouvoir des militaires et de favoriser le respect des droits humains.

Depuis, le Guatemala a fait des progrès. À l'heure actuelle, les Mayas revendiquent leurs droits et se font de plus en plus entendre dans les affaires publiques du pays. On observe une volonté politique d'insérer les questions autochtones dans les programmes ministériels. Entre autres, le ministère de l'Éducation reconnaît le droit à une éducation bilingue et interculturelle et, dans plusieurs coins du pays, des enfants mayas étudient à la fois en espagnol et dans leur langue maternelle. Aussi, de plus en plus de Mayas occupent des postes de dirigeants dans les affaires publiques. Ce fut le cas, par exemple, de madame Otilia Lux de Cotí, ministre de la Culture et des Sports, qui adopta des politiques plus représentatives des valeurs multiculturelles.

De façon générale, un nouveau discours apparaît au Guatemala. Il vise la reconnaissance du caractère multiethnique et multilingue de la nation guatémaltèque. Parallèlement, les effectifs des forces militaires sont réduits. Dans les années 1990, ils sont passés de plus de 70 000 soldats à moins de 25 000, ce qui diminue l'influence de l'armée sur le gouvernement. Bref, les choses changent lentement, mais sûrement… Malgré tout, le défi reste de taille, car les conditions ayant généré les conflits armés d'autrefois sont toujours présentes : pauvreté, inégalités, discrimination raciale et concentration des terres dans les mains d'une minorité.

Les événements qui se sont produits au Guatemala ne sont malheureusement pas des événements isolés. Dans plusieurs pays des Amériques, cette triste histoire se répète. Comme tous les pays ayant des populations autochtones, le Guatemala fait face à des problèmes importants concernant l'acceptation et l'intégration mutuelle entre les peuples.

Témoignages

Madame Rigoberta Menchú Tum, Maya et gagnante du prix Nobel de la paix en 1992

À cette époque, j'étais libre [...] alors j'ai dit : « Je m'en vais. » Justement parce que nous, dans notre village, aucun soldat ne nous a séquestrés. Personne n'a été violé. Mais dans d'autres villages, je ne supportais pas de voir que des jeunes filles et des veuves étaient enceintes parce que les soldats les obligeaient à se laisser utiliser sexuellement. Moi, ça me faisait honte de rester dans mon coin isolé, parce que j'étais tranquille, et de ne pas penser aux autres. Alors j'ai décidé de m'en aller. Mon père le savait et il disait : « Là où tu vas te fourrer, il est possible que tu ne sois pas maîtresse de ta vie. Ils vont te tuer à un moment donné. Ils vont te tuer demain, après-demain ou n'importe quand... »

Un survivant du massacre de Cuarto Puebla, Ixcán, 14-16 mars 1982

Après la tuerie du dimanche, les soldats ont mangé les biscuits de la coopérative. L'entrepôt était rempli de bonne nourriture. Ils n'avaient encore rien fait avec les cadavres. *Les corps jonchaient le sol, partout. Plus de 300 personnes avaient été tuées. Aux environs de 16 heures, ils se sont mis à ramasser les morts pour les empiler au centre du marché. Un hélicoptère est arrivé de la base militaire de Playa Grande avec de l'essence qu'ils ont aspergée sur les corps entassés au marché, dans l'entrepôt et le séchoir à cardamome... Ensuite, ils ont incendié l'église où des personnes étaient enfermées.*

Testez vos connaissances

1. Au début du XVIᵉ siècle, lors de la conquête, que recherchaient les Espagnols au Guatemala ?

A. Les temples et les pyramides construits par les Mayas.

B. Le grand savoir que possédaient les Mayas quant à l'architecture, aux mathématiques et à l'écriture.

C. De l'or et des terres.

D. Des alliances militaires avec les Quichés, les Cakchiquels, les Mams et les Tzutuhils.

2. Qui sont les Ladinos ?

A. Les Ladinos vivent en majorité sur la côte de l'Atlantique (département d'Izabal) et sont des descendants d'esclaves africains venus des Antilles.

B. Les Ladinos sont un peuple presque entièrement disparu.

C. Les Ladinos sont des métis, à la fois d'origine européenne et autochtone.

D. Les Ladinos sont un peuple maya en pays quiché.

3. En 1871, le président du congrès, Justo Ruffino Barrios, crée une nouvelle loi pour le progrès. De quoi s'agit-il ?

A. La loi du travail forcé qui favorise les propriétaires de plantations.

B. La loi sur le code de travail pour les employés des grandes plantations.

C. La loi des *encomiendas* obligeant les autochtones à travailler au service des colonisateurs.

D. La loi contre le vagabondage.

4. En quoi consiste la loi sur la réforme agraire instaurée par Arbenz?

A. Octroyer à la United Fruit Company un vaste territoire pour planter des bananiers.

B. Redistribuer les terres des grands propriétaires terriens et les remettre aux paysans les plus démunis.

C. Exproprier des terres appartenant aux autochtones au bénéfice des propriétaires de grandes plantations.

D. Remettre à l'État les terres détenues par les multinationales.

5. En quoi consistent les accords de paix?

A. À remettre des terres aux autochtones qui ont été expropriés.

B. À restructurer l'armée, la police nationale et le système judiciaire.

C. À déclarer officiellement la paix entre les Ladinos et les Mayas.

D. À mettre fin à la guerre civile.

6. Qui est Rigoberta Menchú Tum?

A. Une révolutionnaire membre de la guérilla.

B. Une récipiendaire du prix Nobel de la paix en 1992.

C. Une héroïne de guerre qui sauva des membres de son village lors d'une attaque de la guérilla.

D. Une ancienne ministre de la Culture et des Sports à qui on doit des réformes politiques en faveur du multiculturalisme.

7. Quel événement déclenche le coup d'État en 1954 au Guatemala ?
   A. Face à la réforme agraire d'Arbenz, la United Fruit Company sollicite l'appui de son gouvernement.
   B. Le meurtre du président Arbenz en 1952.
   C. Le soulèvement et la rébellion de la population maya contre la distribution inéquitable de la richesse de l'État.
   D. L'enlèvement du leader du Comité d'Unité Paysanne (CUC), chef de la première organisation syndicale dirigée par des Mayas.

8. Qui sont les cibles des répressions dans les années 1960 et 1970 ?
   A. Les autochtones.
   B. Les dirigeants et les activistes qui s'opposent au gouvernement.
   C. Les Ladinos.
   D. Les Garifunas et les Xincas.

9. Comment s'est formé le mouvement de guérilla et pourquoi ?
   A. À la suite de la prise du pouvoir du dictateur Rios Montt.
   B. À la suite des répressions, la guérilla s'organise et lutte contre le gouvernement au service d'une minorité.
   C. À la suite de la réforme agraire qu'instaure le gouvernement Arbenz et qui ne concorde pas avec la volonté du peuple.
   D. À la suite de la loi contre le vagabondage, les intellectuels et les syndicalistes décident de fonder un mouvement de guérilla.

10. Pourquoi dit-on que les autochtones se trouvent dans une situation complexe lors du conflit armé ?

A. Ils se trouvent coincés entre l'armée et la guérilla.

B. Ils ont perdu beaucoup d'hommes au combat et ils ont peu de vivres pour continuer la lutte.

C. Les communautés autochtones se battent entre elles.

D. Les Mayas s'opposent aux patrouilles civiles instaurées par le gouvernement au pouvoir.

Matière à réflexion...

La guerre civile et la lutte des populations autochtones ne constituent pas un phénomène à part. Les Mayas, comme plusieurs autres groupes autochtones des Amériques, ont été chassés de leurs terres et exploités. Par ailleurs, ce genre de situation ne se produit pas qu'en Amérique centrale et en Amérique du Sud. Notre propre histoire nous démontre que des événements semblables se sont déjà produits au Canada dans le but de dominer et d'assimiler les populations autochtones : traités non respectés, expropriations et déplacements des populations autochtones dans des réserves, etc. N'oublions pas non plus que, de 1892 à 1970, le gouvernement canadien a enlevé des milliers d'enfants amérindiens et inuits qui ont été placés de force dans des pensionnats pour y être assimilés.

De tels actes de violence, de discrimination et de domination envers les autochtones sont des réalités découlant de la peur de l'autre, de l'ignorance et de l'intolérance. D'après vous, que peut-on faire pour éviter ce genre de drame humain ?

1. Les films de fiction

Pour tous les publics
La forêt d'émeraude (1985),
de John Boorman.

L'histoire d'un ingénieur péruvien et de son fils, kidnappé et élevé par les autochtones de la forêt amazonienne. Une œuvre sensible sur le choc des civilisations.

Pour les 14 ans et plus
Aguirre ou la colère de Dieu (1972),
de Werner Herzog.

Le voyage cauchemardesque d'une poignée de conquistadors s'enfonçant dans la forêt vierge à la recherche de l'Eldorado, une cité mythique couverte d'or.

1492 : La conquête du paradis (1992),
de Ridley Scott.

Un film sur les premiers contacts, pour le moins chaotiques, entre Christophe Colomb et les indigènes des Antilles et des Caraïbes.

Mission (1986),
de Roland Joffé.

Un film présentant les efforts désespérés des pères jésuites pour sauver les Guaranis de l'esclavage et de la persécution.

2. Les romans jeunesse

Amazonas (2003),
de G. Janichon et M. Politzer,
Gallimard jeunesse.

À partir de 9 ans. Lucas est enlevé et initié par des indigènes d'Amazonie qui lui font part de leurs inquiétudes sur l'avenir de leur forêt.

Le grand jaguar (2003),
de Sonia Laflamme, Vents d'Ouest.

À partir de 12 ans. Depuis leur divorce, les parents de Xavier ont toujours cédé aux caprices de leur fils. Il a donc pris l'habitude de tout monnayer autour de lui. Il couvre sa petite amie, Julie, de cadeaux et paie ses camarades de classe afin d'obtenir des réponses d'examen. Il nage en plein bonheur, jusqu'au jour où Myriam, une fille de sa classe, le dénonce à ses parents. Ceux-ci décident d'agir pour le bien de leur fils. Ils lui offrent toutefois un choix : se trouver un emploi d'été ou partir au Guatemala afin de suivre un cours d'espagnol. Dépité, Xavier choisit de partir au Guatemala. Là-bas, un événement inattendu et surnaturel lui fera découvrir sa voie. (Présentation de l'éditeur)

La mémoire de l'eau (2003),
de Silvana Gandolfi, École des Loisirs.

À partir de 12 ans. Nando, 11 ans, a six orteils à chaque pied. Son oncle Pepe, arrivé du Yucatán et passionné d'archéologie, semble ravi de cette particularité et l'invite à passer les vacances avec lui au Mexique. Au cours d'une expédition mystérieuse dans la jungle, Nando tombe dans un puits et disparaît. Le jeune garçon est alors entraîné par un courant d'eau chaude et arrive au pied d'une grotte où il fait d'étranges rencontres. Il découvre ainsi le Peuple des Brumes, un groupe maya qui semble surgir d'un lointain passé. Un roman d'aventure où les péripéties se succèdent, entre légende et réalité. (Présentation de l'éditeur)

Par le fer et par le feu (2006),
de Daniel Mativat, Éditions Pierre Tisseyre.

À partir de 14 ans. Un livre qui décrit la conquête espagnole à travers les yeux d'un indigène taïno nommé Kodibio.

3. Les films documentaires

Le mystère des Mayas (2002),
de Barrie Howells, Alpa Média.

Un DVD qui permet de se familiariser avec la splendeur de la civilisation maya au cœur de la jungle du Mexique, du Yucatán et du Guatemala.

Les royaumes perdus des Mayas (2002),
de Christine Weber, National Geographic.

Bien avant Christophe Colomb, les Mayas avaient établi l'une des civilisations les plus évoluées de leur époque, dans les jungles du Mexique et d'Amérique centrale. Cette société avancée qui était composée de prêtres, d'astronomes, d'artisans… a soudainement et mystérieusement disparu. Venez rencontrer les descendants de cette génération disparue qui maintiennent encore leurs traditions ancestrales. (Présentation de l'éditeur)

4. Sur la Toile

ABC latina, les Mayas. Un site décrivant la culture maya classique.

http://www.abc-latina.com/civilisations/maya.htm

Civilisation.ca. Le mystère des Mayas. Ce site présente les principaux aspects de la culture maya classique.

http://www.civilization.ca/civil/maya/mmintfra.html

Portail du Musée canadien des civilisations. Pour accompagner *Le mystère des Mayas*, un film coproduit par le musée, ce site offre des renseignements sur la civilisation maya.

http://www.civilization.ca/civil/maya/mmintf ra.html

Université Laval. Guatemala. Ce site dresse un portrait général du Guatemala.

http://www.tlfq.ulaval.ca/AXL/amsudant/gu atemala.htm

Réponses

Compréhension de texte

1. C.	**5.** B.	**9.** A.	**13.** D.
2. C.	**6.** D.	**10.** A.	**14.** C.
3. B.	**7.** B.	**11.** B.	
4. B.	**8.** C.	**12.** B.	

Testez vos connaissances

1. Réponse : C. Lors de la conquête au début du XVIe siècle, les Espagnols recherchaient surtout de l'or et des terres. Incidemment, ils espéraient évangéliser les autochtones.

2. Réponse : C. Les Ladinos sont des métis à la fois d'origine européenne et autochtone. Ils représentent une partie importante de la population du Guatemala.

3. Réponse : A. La loi du travail forcé favorisa les propriétaires de plantations. Entre 1871 et 1883, le gouvernement a ainsi vendu à des producteurs de café 370 000 hec-tares de terres volées aux autochtones.

4. Réponse : B. En 1945, Juan José Arévalo renverse le dictateur au pouvoir Jorge Ubico. La démocratie sera ainsi rétablie pendant dix ans au Guatemala. Durant cette période, Arbenz adopta la Réforme Agraire ou le décret 900 qui obligea les grands propriétaires et les grosses compagnies à payer des taxes foncières et à procéder à la redistribution des terres en friche afin de les remettre aux paysans les plus démunis.

5. Réponse : B. Les accords de paix sont des ententes qui incluent une stratégie de restructuration de l'armée, de la police nationale et du système judiciaire. Les accords furent signés en décembre 1996 et mirent fin à 36 ans de conflit armé.

6. Réponse : B. Rigoberta Menchú Tum est récipiendaire du prix Nobel de la paix en 1992. D'origine autochtone quiché, elle a reçu ce prix après la publication de son livre qui raconte l'histoire du Guatemala avec ses nombreux conflits armés. Ce prix lui fut décerné afin d'appuyer le processus de paix et les luttes autochtones, tout en attirant l'attention internationale sur le Guatemala.

7. Réponse : A. Face à la réforme agraire d'Arbenz, la United Fruit Company, une compagnie américaine, sollicite l'appui de son gouvernement. La CIA planifie

alors un coup d'État. Ensuite, le gouvernement d'Arbenz est défait et un gouvernement militaire prend le pouvoir et élimine les réformes qui favorisaient les plus démunis.

8. Réponse : B. Les dirigeants et les activistes qui s'opposent au gouvernement sont les cibles des répressions au Guatemala dans les années 1960 et 1970.

9. Réponse : B. À la suite des répressions, la guérilla s'organise et lutte contre le gouvernement au service d'une minorité.

10. Réponse : A. Ils sont coincés entre l'armée et la guérilla. Si l'armée les soupçonne de soutenir la guérilla ou si les membres de la guérilla les soupçonnent de soutenir l'armée, les autochtones risquent d'être éliminés.

Bibliographie

Les 500 années de l'Amérique latine, 1492-1992 (1993), de Guadalupe Bocanegra et José Ortiz, Éditions Page et Image.

Atlas des peuples d'Amérique (2006), de J. Sellier, La Découverte.

Les cités perdues des Mayas (2004), de Claude Baudez, Découvertes Gallimard.

Guatemala (1998), de Mary Ellen Davis, Les élémentaires, une encyclopédie vivante.

La guerre en terre maya : Communauté, violence et modernité au Guatemala (1993), de Yvon Le Bot, Karthala.

Histoire de l'Amérique latine (1995), de Pierre Chaunu, Presses Universitaires de France.

Moi, Rigoberta Menchú (2001), d'Elisabeth Burgos, Gallimard, coll. Folio.

« Mouvement maya et culture nationale au Guatemala » (2004), de Shelton H. Davis, Tome 90, no 2, *Journal de la Société des Américanistes*.

Poèmes indiens (1990), de Miguel Angel Asturias, Gallimard, coll. Folio.

Les vingt Amériques latines (1977), de Marcel Niedergang, Seuil.

TABLE DES MATIÈRES

Cécile Gagnon

Auteure, illustratrice, traductrice et tête chercheuse de contes et légendes, Cécile Gagnon alimente depuis plus de trente ans son plaisir de raconter des histoires. Auteure d'une centaine de romans, documentaires, contes pour tous les âges, Cécile Gagnon a publié dans de nombreuses maisons d'édition au Québec, aux États-Unis, en Belgique, en France et en Suisse.